U0886055

文学天地

Literature World

第三辑

《文学天地》编委会　编

山东大学出版社
·济南·

图书在版编目(CIP)数据

文学天地. 第三辑 /《文学天地》编委会编. 一济南：山东大学出版社，2021.6
ISBN 978-7-5607-7069-7

Ⅰ. ①文… Ⅱ. ①文… Ⅲ. ①中国文学一当代文学一作品综合集 Ⅳ. ①I217.1

中国版本图书馆 CIP 数据核字(2021)第 118182 号

责任编辑	李孝德
封面设计	牛 钧
出版发行	山东大学出版社
社 址	山东省济南市山大南路 20 号
邮政编码	250100
发行热线	(0531)88363008
经 销	新华书店
印 刷	济南乾丰印刷有限公司
规 格	787 毫米×1092 毫米 1/16 11.25 印张 166 千字
版 次	2021 年 6 月第 1 版
印 次	2021 年 6 月第 1 次印刷
定 价	45.00 元

版权所有 侵权必究

《文学天地》编委会

编委会主任：杜泽逊

编委会副主任：马　兵

编委会委员：杜泽逊　张　帅　李剑锋　黄发有　程相占　马　兵　王　萌　刘晓艺　何　瑛　丁　晋

Contents

目　录

诗　歌 Poem

非虚构 Nonfiction

评　论 Review

经　典 Classic

特约

Special Works

一本似是而非的书的『魅力』

——读蒋勋的《生活十讲》札记

文——方希

1.蒋勋的魔法:波光粼粼

蒋勋有一种表述的魔法,我名之为“波光粼粼”。你曾经俯视过一池水吗?微风吹拂,水波摇荡,池底有水草和鱼,阳光耀眼,折射之下,你不知这水的深浅、这鱼的大小,只觉得有小规模荡气回肠,再多看一会儿——有点晕。

这种文字自有它的特征,我们看几处。

这本书里的“新官学”一篇。简单来说,它主要讲的是台湾的教育体制出了问题。蒋勋先生认为问题出在教育的传统和正统、教材对学生的规约太深,这种所谓的“标准答案”缺乏对孩子的启发性等等。他还讨论了什么是经典。他的建议是,能不能对官学做一些补充和改良。他的提法是温和的。接下来我们细致看一两段东西,可以看看他到底在讨论什么,也看看他以什么样的方式在讨论。

第一,庄生梦蝶为什么没有收到教材里?他觉得这些东西非常好,如果没有收的话,当孩子读到李商隐的"庄生晓梦迷蝴蝶"的时候怎么办?这是他的表述。

他提出了问题,但是讲到如果这个问题不解决的严重性后果时,不太取信于人。你可以说所选的篇目比例或者是内容有问题,但是你不能说某一篇为什么没有收。如果只是因为孩子们会看不懂李商隐的诗而不收入教材的话,那么哪些诗的经典是必须存在的呢?这个底层逻辑没有表述清楚,什么教材都经不起这样的挑剔。

教材体系,或者说是一个官学体系,没办法兼顾文人之任性。文化人容易有大言的毛病,对于教材、社会改良,常有满腔的热情、一腔的愤懑,批判时言之凿凿,甚至言有过之,煽动性很强,但是建设性的东西没什么说服力,里面有着个人化的臧否。

蒋勋先生说,过去他们读的《正气歌》《左忠毅公逸事》,现在的孩子还在读。他认为,时代变了,教材上没必要教大家忠君、非死不可。他被一个小学生感动了,这名小学生问他的老师:"我可不可以不死?""官要做到多大才死?"蒋勋先生质疑道:"美感非要整得这么悲壮吗?"

这又是逻辑上说不通的地方。教材篇目中选的是古文中的优秀作品,只能代表那个时代的思想,不可能要求出现体现今天思想的古文。选择文章去理解那个时代,学习文章之写法,并非是要教化孩子成为那样的人,这是两个概念,而且几乎也普遍没有那样赴死的机会。

我没有看过台湾的教材,但我想,他们的教材里肯定也会有"唐诗宋词",他们当然会有音乐课、自然课,教材系统中给付的是相对完整的学习系统。抓住一点,不及其余,夸大它的影响和后果,并且告诉大家"这样子很要命哦",这是讲求说话效果的文人喜欢做的,它很容易引起共鸣。比如,你对教育不满意,你对孩子的教育有焦虑,听他这么一说,你可能像很多人一样,一拍大腿——"对呀,我早就觉得有问题。"只是题目既不对,解题过程也不对。

第二,如何比较道家和儒家,这是魔法的另一种,它偏于幻术。

蒋勋先生说:"不知道一般人会不会同意,我觉得老子和庄子的东西的启蒙性是比儒家的东西还要大的，因为孔子已经定位在人了，可是老子和庄子是定位在天。浑沌是一个不清楚的东西，当浑沌从不清楚到清楚，其实就是创世记的过程。”蒋勋先生对浑沌之死的解读是：庄子的意思是，只相信科学，人最后就会死亡，应该有一个对浑沌更大的理想。在这里，他提到了两个量子物理的概念，一个是测不准原理，还有一个是黑洞理论。

这一段你乍看上去不明觉厉，又是老子和庄子，又是儒家，又是量子物理，晃得人眼花缭乱。

他为什么会觉得庄子的东西比孔子的东西更具有启蒙性？是因为他认可庄子所说的浑沌定位于天，孔子定位于人，但天为什么比人更有启蒙性，他没有解释，似乎我们天然就明白，天比人大。其实从孔子的角度来看，天道也先于人道。浑沌是道家崇尚的一个自然状态，所谓的“日凿一窍”，比较普遍接受的解释是，当人有了感知，就会有贪欲、机心、是非、争斗，它们是痛楚和混乱之来源。

蒋勋先生在这里大跨步地解释道：“庄子的意思是，只相信科学，人最后就会死亡。”这一步确实迈得很大，几近劈叉。他把“日凿一窍”跟科学相应，但科学所说的不是这个东西。尽管科学的定义繁复，“日凿一窍”跟我们日常认知的科学特征——可证伪、系统化——没有半毛钱关系，但在蒋勋先生的提示下，我们隐约也觉得似乎是有关的。我们暂且不管他为什么做这样的联想，接下来他把浑沌跟“测不准原理”和“黑洞理论”相提并论，就非常荒唐了。

测不准原理是海森堡的一个发现，简单来说，一个物体的位置和动量是不可能同时获得准确结果的。比如说，在微观世界中，你要观测到一个物体的动量，需要用尽可能短的波长的光。光子是有能量的，一旦你观测到位置，动量就改变了；而当你测到动量，位置就改变了。

黑洞是指星体衰老之后，核心迅速坍塌，形成一个体积无限小但质量无限大的星体。当这个星体的半径小于史瓦西半径的时候，就会导致时空的扭曲，以至于密度太高，光都出不去。

它们跟浑沌是什么关系呢？也许是“不准”“黑”这样的联想跟“浑沌”产生的语义关联？但这又算哪门子关联呢？“测不准原理”和“黑洞理论”都是量子力学的经典概念，从最窄的定义说，量子力学总算是科学的范畴吧！蒋勋先生说,“这个西方理论根本就在讲浑沌”,因为“西方的科学已经发现科学不够用,倒是老庄的很多思想接近于尖端科技”。第一步说,庄子觉得只相信科学会让人完蛋;第二步说,你看,人家西方科学证明了老庄的伟大。蒋先生到底是把科学当成一个价值证明还是当成一个工具证明?

庞德斯通在《知识大迁移》中说,即使在很多事实性知识通过搜索就可以找到的时代,你也需要掌握足够多的硬性知识,以避免陷入元无知,也就是不知道怎么找到自己想要的基础知识,更不用说通过大量的事实经验快速形成高效的判断模型——直觉。

蒋勋先生在知识点上跳来跳去,用 A 说明 B 不行,又用 B 说明 A 其实很牛,不完全是个逻辑问题,也可能因为他既不真研究 A,也不了解 B,但敢于把二者乃至三者拉到一块儿,证明一个伪命题。

郭绍虞先生对于作文有一个特别质朴的说法:讲述必须是符合事实,才能证明今天的状态,才能传到后世;文章的写法和逻辑,需要严谨致密,是好文章的入门标准。从这个角度看,蒋勋先生的节目可能听起来迷迷糊糊,觉得很有道理,但是具体是什么道理,你说不出来,你可能被他说服,但不知道是什么说服了你,这就是“波光粼粼”的效能。

第三,在“新伦理”中,他谈到了法律。这是魔法的另一种,即:片段式地截取,不由分说地自我定义。

他说:“法律是为了什么存在?是为了关心人,它的本质是‘哀矜而勿喜’。”我们读到“法律是为了关心人而存在”这个表述的时候,估计多少会从空中飘来一朵疑云,这是法律的存在目的吗?但当看到引用“哀矜而勿喜”时,可能注意力已经被这句引用给牵引走了。

这句话来自《论语·子张》,曾子的学生得到了一个典狱官的职位,曾子提醒他说:“上失其道,民散久矣。如得其情,则哀矜而勿喜。”前提是,现在居上位者失道,民心涣散。因此,当你审查到案件之实情,应持有悲悯之心,勿沾沾自喜。“哀矜而勿喜”不是法律的本质,它是在一定前提、一定背景下对执法人的提醒。

这是他文章的一个弱项。之前在网上有一篇广泛传播的文章,列举了蒋勋先生论及“唐诗宋词”时出现的 80 个硬伤,不能说他的每一个硬伤都那么“硬”,但是硬伤真的很多,他解释诗词、对典故的说明非常随意,自由发挥，很多确实是解错了。

也有蒋勋先生的忠实粉丝辩解说，蒋勋先生是在思辨。那我们来看一个关于法律的思辨的例子。

赵汀阳先生和德布雷——德布雷是一个法国哲学家，他曾经跟切·格瓦拉上山打过游击——他们俩曾经做过一系列非常有意思的讨论，记录在《两面之辞》中。当时赵汀阳试图探讨一个问题：为什么中国人不废除死刑？

古人讲天道，也讲人道，人道要合乎天道。在合乎天道的人道中，我们相信自然情感是由近及远的，你总得爱你的父兄子弟，再去爱邻人和更远的人们。人道中对等原则是非常重要的。“杀人偿命，欠债还钱”，即是对等原则的朴素表达。杀了一个犯严重过错的人，是要让他为自己的行为承担后果，从而增加整个群体的安全性，这是一种最为经济的方式。中国古代的法制体系，维护的是这种对等价值的伦常。行使死刑的人，并不是因优于他人而侵害了他人的生命权，而是代表系统让人付出代价，以维护天道。在这个系统中，生命权不是第一位的。

当然，我说得比较简略，但在这个过程中，能感知到一种接近又超越我们日常经验的强大穿透力，它有留白，而留白是可以填满的。蒋勋先生的论述则不是如此，他是飘忽的、摇摆的。

这种“波光粼粼”的写法，既不是东方的，也不是西方的，来自一种特别强烈的冲动，就是没来由地要拥抱每一个受苦的糊涂蛋，尽快地跳开大家知识上的差异，直接达到自定义的认知。这种热情，必须承认是非常感染人的，而且他的初心，我觉得也是好的。

2.蒋勋留了一只眼睛

关于“什么是经典”。蒋勋说，台湾是一个边陲。难道在这个边陲就不能选择适合你的文化的优质的产品吗？经典是不是有大小之分？是不是有地域之分？是不是有核心和边陲的不同的维度？

这是蒋勋先生讲得比较好的部分，在文化选择和文化多样性上，不要永远只向核心靠拢，这会扼杀文化的生机，文化应该是生机盎然的，每一种文化都长在这片土地上。经过反复检验，也许我们在经典序列中纳入了新的生命体。

在《生活十讲》第50页中,他说:“我记得第一次看《美丽少年》这部电影的时候很不习惯,我觉得这些孩子怎么这么无聊,抽烟、染发、变装,一点都不美,后来我发现这就是我的官学。”

这也是蒋勋先生身上比较可爱的地方,他在向主流以及教化性、规范性的东西提出反抗的时候,他又会反省:“我是否也有我的所谓的主流和教化?”这也是很多气势汹汹、雄辩滔滔的思想家和创作者不太具备的,因为他们太想证明自己是对的。

而蒋勋呢,他还留了一只眼睛,会跟自己说:“我可能也会有他们身上的毛病。”

有一段,我看着觉得很好玩:

> 家里有很多破鞋子,朋友来看后说,这个起码已经十年没有穿了吧,我说对,他说那还不丢掉。我不知道为什么我丢不掉,我觉得真的是很难解释,因为它里面有记忆,它不只是一个物件。这些鞋跟我的脚已经发生了一种每天一起走路、走过长长一段过去的关系。同样地,跟你生活在一起的人,虽然他的身体在衰老,可是你会知道他衰老的每一个细节,所以你不会轻易离开。

这个部分是一种非常典型的蒋勋式写法,不是说他写得酸,而是你会发现,一个敏感的人,他的心理会启动过度保护,而且他的这种行为上的夸张给出一些示范,让大家觉得:如果我是一个自爱的人、一个爱生命的人,我就应该如此珍惜生命中的点点滴滴。

这些都是我们在读到蒋勋先生的一些好处之外需要警惕的东西。当这样的方式被广泛传播的时候,说明它有多么大的市场,说明它是多么容易攻击思维上的盲区,你在表达的时候也多么容易借助这个套路,因为实在是太好使了。

3.清晰的对象感

蒋勋先生的拥趸中大部分是女性,这是一个印象,不是科学调研的结果。

对于女人来说,最大的问题大概是两个:一个就是家庭和爱情,还有一个是子嗣和教育。

听蒋勋“讲生活”的人里面有很多特别愿意听他讲情感,而我觉得比较遗憾的是,“爱与情”这部分写得有点虚。为什么?因为这个问题对他来说也是一个天大的难题。所以他只会缥缈地说:爱是一种介入,爱是一种智慧——跟没说一样。

他主要说了两件事:爱的规范和爱的本质。

他觉得“爱”首先是在法律道德等等复杂环境中的“爱”,如果你要感受爱的浓度和纯度,你势必要突破所有这些对你的限制,请问:你准备好了吗?这个可能是他自己的某种现身说法。

他举了萨特和波伏娃的例子,萨特和波伏娃是好的例子,但是蒋勋先生作了并不成功的阐释。萨特和波伏娃的相处是两个哲学家和强人之间的约定。他们的思想、理念、意志都远超过世界上的一般人。他们的开放式关系执行得还行,开始还好,大家各做各的,相见也是在火车站上的一次相逢,然后大家又各自挥别,在各自的地方去生活。他们确实是相爱,感情非常深厚,实际上两人都是各找各的,互相也不隐瞒。波伏娃有别的情人,她还给她的情人写过一本书《越洋情书》,里面大篇幅地讴歌萨特,她的情人毕竟不像她这样强悍,这种扭曲的关系伤害了他的生活。萨特就更没闲着了,从来没有停过。萨特和波伏娃还一度尝试过三人行。波伏娃曾说:“我试图在这种关系中得到满足,但我白费了力气,我在其中从未感到自在。”

人的情感是多么飘忽和难以捕捉。蒋勋先生在描述成功关系时过于简化。他只是把自己的思考过程写出来,就像我们面对一个痛苦的题目,列了一大堆等式,但是这个等式有没有价值不确定,也许有价值,只是最后没有得出什么有启迪性的结论。

这个部分,反倒比他讲其他的东西更诚恳。他的犹疑,或者说他努力所要给出的那些思考角度,对人也许是有一定安慰和启发的。

蒋勋先生特别像在大学里给学生们上不给学分的讲座的老师,现场效果取决于你的对象意识。他写的《写给大家的美术史》是写给青少年的美术史,他甚至找了同事的 15 岁的孩子,每写一个就讲给他听,确认他听懂并且觉得有意思。

蒋勋先生知道他在跟谁说话,他要努力让对方听懂。这是他好的部分,只是他的作品里面确实是漏洞比较多,即使你不是很在意漏洞,也需要警惕他所得出的结论。

我把蒋勋的这本书定义为"一本似是而非的书",不是批判,也不是对它的轻视,而是对它的一个描述。

我们怎样去判断一本书是似是而非的呢?

论据和论点之间仿佛有关联,但是实际上这个关联可能是脆弱的,甚至没有关联。论据本身不准确,或不可信,信息量不大。比如他说了一万句,但也许其核心表达的可能只是一百句。

方希,知名图书策划人、作家。1988 年考入山东大学中文系,1992 年毕业后回到贵阳工作,做过电台主持人、报纸编辑。1996 年进入北京大学中文系攻读理论语言学硕士,1999 年毕业后一直从事图书出版工作。著有《毒辣端庄》《毒家蜜方》《张艺谋的作业》《米娅,快跑》等。

小说

Novel

幸福的青菜

文——周洁茹

我是在会展中心见到彼得的,第一面。反正我是走错了房间,他也像是走错了房间。整个会,我感觉到他一直在看我,当然了,如果我不看他就不会知道他看我,也可以这么说,整个会,我一直在看他。会结束,彼得给了我一张名片。我跟他说了一句话,我现在有点想不起来那句话了,反正不是什么重要的话,他想了一想才答。然后他说了一句话,我有点懂有点不懂,只好不答。他的眼睛非常诚实,非常诚实地看着我。

后来我上网查了一下他,四十一岁,已婚。

这个故事就没有什么以后了。

过了三年,我突然意识到,因为广东话,我才跟彼得没有了以后,绝对不是“四十一岁”或者“已婚”什么的。他那天说的肯定是“联络我”,但是我没听懂,而且我没有给他名片。不是我不给他,是我没有名片,我刚到香港。

说到广东话还有说广东话的男人,我突然想起来了一个广州男人,高大威猛,女人们都张牙舞爪地围绕着他,于是他看大多数女人都没有什么表情。天全黑了,我远远地望见他同一个上海女人走在海边,边走边聊,边聊边走,然后我睡着了,一觉醒来,他俩坐在我的正前方,很靠海的海滩,仍在聊天。从我的角度,就是一帧九零年代挂历的八月号,碧海云天,红男绿女,两个背影,有点亲密,又有点距离,我远远地望了好久。

现在来问我广州男人的样子,就是那个样子。

由这个广州男人的样子,我又想起一个广州女人的样子,她是我小时候的朋友。她给我寄过她自己做的广州结,她寄的时候并没有说这是什么,只说是自己做的,因为是用藕粉色的丝带做成的,而且是从广州寄来的,我就管它叫作广州结。还有一张照片,快要过年,她穿着夏天的裙子,背景是很多花,她解释说她正在逛花市。

最后一面好像是在天河区,一起喝了杯咖啡,之前还更改了几次时间、地点。我现在想想:是她不愿意出来,还是我不太愿意出来?很有可能是她,因为她说她等会儿要去买点青菜,如果旁边有什么街市的话。

说起爱恨情仇来也有点躲躲闪闪,她躲闪我也躲闪。

“你的亨利呢?”我说,“你要跟他去香港的。”

她说她不记得她讲过什么亨利了。

我说:“这些年的信我都保存着,连信封都好好的,你的每一封信我都是好好地读的,我这么盼着你的信,日日等着邮差来。”

“你的信叫我活下去。”我又说。

她笑了一下。

然后她说等下要去买点青菜,如果旁边有什么街市的话。

我不知道说什么好了。

“你为什么要来广州?”她说,“你是来广州结婚的吗?”

我说我也不记得我讲过什么结婚了。

“我不会结婚的。”我停了一下说,“也许我是说过结婚什么的,可能都是假的。”

她就说:“好吧,你去买青菜吧!”

我本来想说:“不是你要去买青菜的吗?”

她站了起来,我也只好站起来,互相拥抱,说再见。我再也没有见过她。

而且我去买了一包青菜,旁边真的有一个街市。

由这包青菜和结婚,我就想起来了杰克。

我把那包青菜带回杰克住的地方,杰克还笑了。他说:“你真是乱买,但是既然买了,就炒吧!"

广州的夏天有多热,我现在想起来都很热。杰克又没有空调,所以他炒菜的时候只好光着背。杰克为什么没有空调?因为那个时候他太穷了。如果太穷,又加上太热,连爱都不想做了,只好炒青菜。

杰克炒青菜的时候,我看着他的背,一张动态的背,汗珠都凝在那张背上,汗珠也是动态的。

其实杰克也炒了点别的,可能还有肉,但我只记得炒青菜,只能这么讲,那碟青菜可能是那一个时刻全广州最好的青菜。

傍晚,杰克带我去看了看最近的那个地铁站,地铁站还没有开,据说很快就要开了。看完了地铁站,他又带我去看了看市民广场,好多散步的广州市民,还有年轻小夫妻牵着孩子,黄昏下面真的像油画。杰克说这就是幸福。他就是这么说的,幸福。

我只好仰头看晚霞,其实我分辨不出来颜色,我只能看出一些层次,深深浅浅,我也说不清楚那是什么确切的颜色。

第二天有人请杰克吃饭,他就带我去了,总不能放我一个人在没有空调的房子里吧?我就是这么想的,我不知道他是怎么想的。

酒杯里不是红酒而是甘蔗水,又不太像。我看了杰克一眼。

"凉茶。"杰克说,"川贝雪梨。"

于是我人生第一口凉茶——川贝雪梨,在广州,旁边是杰克。

我女朋友,杰克向众人介绍。

又没有人问他,他自己说了。

现在说起来,真是一言难尽。不说了。

由凉茶我就想到香港了,也不是马上就由广州到香港,广州和香港的间隙是十年,那十年我去了一个别的地方,一千字讲不完那十年。总之要到十年以后,我才到香港,到了香港以后总觉得哪儿哪儿都不太对,我在香港认识的朋友戴西就跟我讲要喝凉茶。

"但是不要喝凉的。"戴西是这么说的,"一定要叫他们加热了再来喝。"

"为什么?"我说,"我可是喝过凉的凉茶的,还是装在高脚酒杯里的。"

"凉茶叫作凉茶就是因为太凉了。"戴西说,"根本就不是女的喝的。"

“女的应该喝什么?”

“猪脚姜。”戴西说,“里面的醋。”

“但是如果你吃了热气的东西,就要喝凉茶。”戴西又说,“你看我就从来就不吃煎炸的点心,青菜都是水煮的,我也不用喝凉茶。”

三个月以后我懂得更多了,产妇才喝猪脚姜,普通妇女喝凉茶,温的也行。真要是觉得自己快要病倒,街头老凉茶铺前立住,黑黑浓浓一碗二十四味,仰了头一气儿灌下,那病自然是发不出来了。

可是三个月了,我还不会讲广东话,所以我跟彼得就在会展中心这么错过了。

可是三年以后了,我还是不会讲广东话。而且这三年,我再也没有遇到过第二个彼得,香港男人彼得。

为什么突然想起了彼得?因为我看了个《深夜食堂》。有个男的把一枚戒指藏在神龛里,全都交托给神明。如果错过,也是神明的安排。可是很多年以后了,又见到爱人,她已为人妻,活得庸常。

他对她说,一起离开,重新生活。

她脱了围裙,开门。雪落下来。他等在门外,机票和戒指,非常正式的重新开始。

食堂的老板说了,你的人生不是只有你自己。

她已站在门后,说:“我的人生就是我的。”

可是那一天竟是她生日,丈夫和小孩替她庆贺,又老了一岁,只好关上了门,她的人生果真不是只有她自己。没有人的人生只有自己。

那个男的只好慢慢地走过食堂,薄雪的地,窄巷,两级石阶,白衣服红围巾,孤独地走掉了。

彼得就跟那个男的长得一模一样。

因为想到了彼得,就让我想到了杰克。因为杰克,又想到青菜,还有广州,因为广州,我又想到了白云机场和煲仔饭,我想到了我和杰克的分手。

杰克问我要不要吃煲仔饭。有间店他常去。

我说都行。虽然杰克自己很会炒菜,但他说要出去吃,我觉得也可以。反正我也要走了。

“但我不确定要不要带你去。”杰克说。

我说:“为什么?”

杰克还是带我去了,一个非常小的店。

煲仔饭还是挺好吃的,好吃到我一边吃一边哭。因为嘴没有空,我也不能够同时吃同时说,我也可以不要空调的,我也可以天天吃煲仔饭的,甚至我也可以自己洗头的。

杰克说:“你非得把这一煲饭都吃光吗?”

我正吃到一条青菜,没有什么滋味的一条白灼青菜,青菜还是一样的青菜,但是煮跟炒的差别真的挺大。我还是把那条青菜吃了下去,要是混了点眼泪,就真的会咸一点。

杰克看着我。“为什么吃不完还要吃?”他说。他就是这么说的。

然后我就去机场了,杰克没送我,我自己走的。

我在机场想了挺多,也不是空调,也不是煲仔饭,也不是青菜,就是个结婚的问题。杰克有个未婚妻,很快就要结婚,他也在一开始就告诉我了。

那咱俩这又算是什么?我也在一开始就问过他,算婚外情呢还是婚外性呢?

既然杰克没有答,一直都没有答,那么这个问题就从来没有存在过。

隔了两个月,我路过广州,我也没找杰克。我在酒吧碰上了一个我和杰克都认得的男的,就叫他麦克吧。那时候我正在看花城选美大赛,现在想想是挺诡异的,一个不放球赛却去放选美的酒吧。

麦克问我:“饿不饿,要不要吃点东西?有个湖边还开着夜市。”

我说:“我不饿,但是可以去吃点东西。”

他就带着我去了一个湖边,可是那个湖边什么都没有。他就带着我去了他家。

由于都喝大了,那个晚上确实什么都没有发生。

即使没喝大,也发生不了什么,我可以肯定这一点,我已经不爱杰克了。杰克都不爱了,怎么还能爱麦克?

到了香港以后我碰到一个男的,死都不肯喝一口酒。有一天他跟我吐露实情,喝大过一次,失了身。我说哦。

对方是个小姐姐,他又说。

我还一句话没说。他又说,从此以后我再也不喝酒了。

我刚想开口,他又主动说,从此以后我再也没有失过身。

我就直接说了,小哥哥,失身这种事情,说说就算了,真喝大了肯定不举啊。

他再也没有理过我。

第二天一早赶飞机我也没有迟到,我没有迟到也不是因为麦克送我去了机场,我没有回头,也就不知道麦克的表情。我从来没有错过过飞机,也许我错过过火车,但是我从来没有错过过飞机。但是坐在白云机场,某个登机口等飞机的时候,我看到了杰克。我知道我要去哪里,但我不知道他要去哪里,靠在一起的两个登机口,登机时间也在一起,中间却用一面玻璃墙隔开。后来所有的叙述中,我都是那个拉着箱子跑掉的人,箱子还翻掉了。事实上,真的是因为要登机了,喊了登机还不登机就真的会错过飞机。我回了一下头,我的脑海里就永远地印下了杰克的一个样子,他站在那儿,一手登机牌,一手登机箱。他的周围应该挺多人,但是我完全没有看到那些人,我只看到杰克,他站在一个登机口,喊了登机他还不登机,他一直一直一直地看着我,直到我的箱子翻掉。

我不知道每年会有多少人在白云机场分手,反正我是其中之一,我只能够讲如果你是在机场分手,那种分手真的二十年都忘不掉。

我马上又想到了深圳机场,深圳是一个实现梦想的地方,广州不是。广州端庄,大骨架,风情万种。深圳就是一个放大了的深圳机场,富丽堂皇,能够吓死所有的密集恐慌症。

我又想起了一个在深圳的朋友。这也想得太跳跃了,还是一个小时候的朋友。

那个小时候的朋友问我要一支笔,那支笔做得就跟一个针筒一样,我也不是很喜欢那支笔。但是要是有人来要,我也不是很想给的。我还没说话,她就塞过来一个青铜女神像,说跟我换。

我喜欢所有的好东西,她说。她就是这么说的,心里想要就一直想要。

我看着她。

而且我将来一定要有一个大浴缸。她说,就跟你家的那个一模一样。

我也不太喜欢我家的浴缸。我就跟她换了。她那么喜欢那支针筒笔。

我也不是很喜欢那个女神像。幸好第二天她又来了,说她后悔了,要我把女神像还给她。我还没说话,她自己先说了,那个女神像不是她的,是她姐的。我看着她。她说她姐肯定要打死她。我就把女神像还给她了。再换回来的针筒笔也坏了,我就扔了。

我现在的朋友戴西说,这个事她也遇到过。

我说:“你小时候也有人拿个女神像换你的笔?”

戴西说是有人直接问她要她的笔。我说:“干吗?”她说因为问她要笔的人想用她的笔再去换那个人自己的笔,因为那个人的笔被人拿走了。

这也太绕了吧。有个人的笔被拿走了,去要回来的方式就是再拿别人的笔去换?

就是这样。戴西说,有的人就是这套思维模式。

搬去香港前我回了一趟常州,竟然还接到了那个换来换去的朋友的电话。她说:“你家的电话号码二十年都不变的?”我还没说话她自己说了:“你那儿冬天冷吧?”我正在想:我这儿不就是咱们这儿?冬天冷不冷的咱们不知道?我还没说话她自己又说了:“我现在在深圳了。”我正想问她深圳冷不冷,她主动说了,深圳不冷。

“我老公是香港人。”她继续说,“又有钱,又爱我。”

我刚想开口,她自己又说了一遍:“我老公是香港人,又爱我,又有钱。”

我后来从香港去深圳,总疑心一抬头就见到她,我想我永远都不会忘记她的脸,即使隔了二十年,再隔二十年我都不忘掉,可是我再也没有见过她,深圳太大了。

广州我不去,也挺近的,但我一次都没有去过。

真的是很久很久以后了,我又路过广州。那一餐饭,杰克来了。

“抱歉,抱歉。”杰克说,“还有事,马上就得走。”

一桌的人,没有人认为杰克和我以前就见过,我俩还握了个手。

我现在想想,那一餐饭真是一言难尽。一碟青菜端上来,杰克给我夹了一筷菜,这都十年了吧?十三年?十五年?我记不大清楚了。我双手接过,说,谢谢。

众人的目光之下,杰克似是突然醒了过来,于是他给每一个人都夹了一筷青菜。

我吃了那颗杰克夹给我的青菜。什么滋味,我也有点想不起来了。

然后我就去爬白云山了,我也不知道我为什么要去白云山,有点忘了,我还穿了个高跟鞋。山尽头一根水泥柱,绑满了锁,锁情锁爱,日晒雨淋,锁全锈了。我只能够讲这么多。

白云山顶,突然就想起了很多年前的杰克,很多年前的杰克炒的青菜,我就当是幸福吧!

周洁茹,江苏常州人,现居香港,70后女作家。15岁开始写作并发表作品,在《人民文学》《收获》《花城》《钟山》等刊物发表小说100余万字。出版有长篇小说《中国娃娃》《小妖的网》、小说集《我们干点什么吧》《你疼吗》、随笔集《天使有了欲望》《请把我留在这时光里》等。2018年任香港文学出版社《香港文学》总编辑。

金缕珍珠衫

文——周 勤

泽化家的儿媳妇过门整五年了,肚子还是一面锣鼓不见动静。美华一时从什么地方得到个偏方,就兴头冲冲地要小两口按方服用。有段时间打听到一个麻雀仙茅汤,为了汤中的麻雀,泽化拾起五十多年前还是邋遢小儿时候的弹弓手艺,眯起眼袋巨大的肿泡眼,还要早起避开熟人,抖抖索索地忙了一个星期才打下来一只,被美华瞪眼臭骂。一时又听说方圆几里的哪个医生是送子观音,美华就亲自陪同护送儿媳妇前去,跟医生一问一答的,唯恐错漏。家中请了大小菩萨不下十尊,每日起床和睡前洗漱后,美华都要站在菩萨面前,闭上两眼,默念咒语,手指头从大拇指扳到小指头。初一十五只要有空,寺庵观都要去拜一拜。不时地也有算命摆卦的来村里,美华带儿媳妇去过两次,两次都说当年就要怀,却又没动静,同去的丽华就埋怨她姐姐:“姐呀,你钱给少了啊!”美华反驳:“一百块还少?”丽华说:“这钱不是给算命的,是给菩萨的呀!”

儿媳妇小熙倒一直不声不响的,是个羞口的人。小熙皮肤黑,美华老早就说,黑皮不要,孙子大黑皮,丑死了。但是美华第一次见小熙就把黑皮的标准扔到爪哇国了,也说不清楚哪里好,这姑娘就是安安静静地坐在那里,让美华觉得这就是她郑泽化家的儿媳妇。小熙过门后也还是轻言细语,不喜喧腾,家务事一应由美华包办。小熙隔三岔五地给美华买买衣服,给泽化买茶叶和钓鱼用的面包虫。美华给小两口吃麻雀仙茅汤,儿子仁杰吃得满腹牢骚,儿媳妇说:“还挺好吃的,就是爸爸打麻雀太辛苦了。”美华听罢转身就红了眼圈。她王美华这一生嫁了个怂球丈夫,生了个吊儿郎当的儿子,上天可怜她,送了一个绵绵软软的儿媳妇,只是好事怎么就没有一竹竿戳到底呢!

这天上午丽华约美华去挖蒲公英,说是在姐妹俩娘家的老宅竹窠园子里,长了很多蒲公英。蒲公英挖回家,洗洗烫烫,拌上酱油醋,就是泽化老两口的美食。两姊妹各骑着一辆电动车出发去了湖桥老宅。老宅是一座带天井的两进房子,美华兄弟姊妹六个,都在这个房子里出生、长大,大的结婚生子了,逢年过节也要来这老房子里团聚。二十年前他们唯一的兄弟结婚,美华父母卖掉了房产,去城里买了个小商品房。父母虽然还在,但是娘家却散了。又过了些年,父母相继过了世,姊妹们偶尔途经湖桥,还是忍不住要来老宅周围转一转。此时正值暮春,竹窠园子里的油菜花亮汪汪地晃眼,美华却觉得满目荒痍。老宅已经没人住了,门锁着,房子显出一副没住人的破败相。从前爷爷留下的满园的竹子被砍光了,大门前的那颗大枣树也被砍了。美华他们小的时候,一到冬天就拿个长竹竿捅到树上一阵乱打乱敲,牙枣子在地上蹦跳,得拿眼睛死死盯着,不然一个滚到竹笆围成的菜地,一个滚到墙角,任是许多双眼睛也难找,找不到的那些牙枣子就被鸡啊鹅啊啄了。美华轻轻叹了口气,说:“还是我们小的时候好玩。”丽华已经钻进油菜花里低头找蒲公英,说:“诶,上回在这看到的蒲公英,怎么没有了?”丽华小时候跟美华睡一张床盖一床被子,大冬天两人在被窝里蹬来蹬去地斗气,把被套口蹬开又撕开一截。第二天清早被老娘发现,两丫头被揪住一顿巴掌打在屁股上,被骂得六亲不认。老娘的凶是出了名的,溺爱儿子也是出了名的。美华日后多次在老娘面前抱怨,说没把姑娘的命当命,害了耳病也不看医生就拖着,流了脓才带去打针,以致她至今有一只耳朵听力不好。老娘回说:“没把你们的命当回事,你们怎么长这么大的?吃屎长大的?孩子这么多,顾得过来吗?没饿死你们就算不错了。”

姊妹俩说了几句话便不再言语,各自埋头寻蒲公英。大概有一顿饭的工夫,丽华听到美华的一阵急呼:“丽华,丽华,快来,看看瞧。”丽华忙拨开面前的丛丛油菜花,蹚过去,看到美华一只手攥住黑漆麻污的一团,另一只手还在搓上面的泥巴。这物件有两尺见方,大概是近期的雨水多,泥巴有点潮,把这物件糊得满满当当,只依稀能瞧出个人形。美华又搓了几下,棕黑色的胎质出现了,莲花台座、跏趺坐姿、顶端的螺髻和那张丰颐微笑的脸渐次显露了出来。两人望望对方,都觉得不可思议,这油菜花地里怎么还埋了尊菩萨?

美华说:“以前姆家没看见这个东西啊!”

丽华道:“姆妈从来不信这些。”

美华又道:“要么就是买姆家房子的小六家亲戚搿这的。”

丽华又道:“奇怪,哪家会把菩萨埋起来呢?要么是孩子瞎搞。”

两人又对着佛像端详了一会儿,丽华说:“姐,这是菩萨要进你家门,要保佑你家。”美华把佛像小心地包了起来,手臂有点僵直,说:“我把菩萨请回家,好好给祂洗澡,上香。”

等到小夫妻两个陆续下班回家的时候,王美华早已经把泥身菩萨打理妥当供在家中的一众菩萨当中了,泽化老早被吩咐揖拜上过香了,小熙和仁杰一进门,就被美华要求如厕洗手,作揖上香。等全家人都拜过了,才上桌吃饭。美华在饭桌上又把菩萨的故事演绎了一番,仁杰笑嘻嘻地说:“可惜不是个金身菩萨,不值钱。”王美华把筷子往桌上一拍,骂道:“什么都不会,就会嚼蛆,个二五卵子,快点个噎饭,噎过了臊滚。”仁杰吐吐舌头,埋头扒饭,小熙吭哧吭哧地笑。饭罢,王美华又悄悄叮嘱小熙:“这个菩萨来历不一般,要多拜拜呢哦!”小熙满口应承。

小熙会做手工,家中的沙发靠背、纸巾盒的套子、马桶垫子都是她做的。去年夏天她给全家每人做了一套纯棉睡衣,美华时常穿着这身睡衣去邻居家串门,去小超市买点东西,去景观河道旁散步。小熙的手艺大概是继承了她老娘陈素英。陈素英年轻时在服装社上班,虽然只有小学五年级的文化水平,但是制版、剪裁、缝纫样样上手。陈素英在服装社干了十五年,在怀了小熙生产的前一天还坐在缝纫机旁边,踩缝纫机的“哒哒”声就是小熙的胎教音乐。

这天离端午节还有三天,陈素英上午带了一大袋自己包的粽子过来送给亲家。美华欢欢喜喜地请亲家吃茶,又要留陈素英吃了饭再走。陈素英说家头有小熙爸爸还有奶奶等饭吃呢,要回家弄饭。美华不肯放,说难得过来,要泽化给小熙爸爸打电话带亲家奶奶一起来,去老大喜开的饭店吃。陈素英笑着说:"不跟亲家客气,真真是我家老太婆现在身体不行了,有时候说大便就要大便,说要尿尿恨不得马桶就在屁股底下,不好带出来,我们要出来一下,就要提前跟我小姑子说好了要她照看一下。下次吧,提前安排好了再聚下。我家老蒋也说想跟亲家聚聚呢,他老早不是亦欢喜钓鱼呢嘛,现在真走不掉。"美华就不好再留,从家里找了一盒奶粉礼盒,一定要陈素英带回家给亲家奶奶。临走,陈素英从包里掏出了一个小塑料袋,从里面拿出来一个端午节给孩子佩在手上的五彩丝线环,还有一个挂脖子上的鸭蛋篓子,说:"正好我家隔壁家给孩子编的,我看了好玩也编了一个,编得不好哦,给小熙他们发个吉兆。"美华"诶呀"一声,想说什么又说不出来,满口只是"好好好",送陈素英走了。

端午节一过,天就热起来了。美华总觉得身上焐燥得很,觉睡不安生,起床时一身的汗,白天无端端地又身上一热,"哗啦"一下汗又下来,看什么都不顺眼,逮住泽化就是一顿臭骂。仁杰说:"妈,你更年期了。"美华白了儿子一眼,说:"我更年期了,老了,朝棺材跑了。"仁杰张了张口,不言语。小熙说:"妈,您晚上跟四姨去跳跳广场舞,拉伸一下身体蛮好的。"美华点点头说要去呢,第二天就在家翻箱倒柜找跳舞穿的裙子。为了找裙子,美华把压箱底的那些老货都翻了出来,又一件件地拿给小熙看。这件衣裳是某年某月去谁家吃酒买的,那件衣裳当时买了多贵,后来发胖了再也套不上,零零碎碎地铺了一床。再后来从衣柜里还掏出来一些大红大紫的缎面,手捻上去哧溜哧溜地打滑,是十几二十年前婚丧嫁娶回礼的答号布料。质量还不丑呢,就是不得什么用了,以前人用来做被罩的,现在不兴了,盖到身上也滑淌淌的,可惜了。小熙抓起一块布料子,手指头划了几下,说:"妈,这个料子给我吧,我拿它做点手工。"美华一迭声地说"好",忙把料子都折好给了小熙。

美华的广场舞跳得风生水起。到了交秋的时候,广场上跳舞的人已经无人不识美华,美华要是有几天没来,准有好多电话打过来:“老妹妹啊,怎么不来跳舞的呀？在家发什么财冲什么经呢?”舞跳跳,牛吹吹,回家洗把澡上床睡觉,第二天神清气爽。一日早上,拾掇着让小夫妻俩吃了早饭出了门,美华去刷牙洗脸,照例去拜菩萨,眼前一亮:那尊棕黑色的泥菩萨身上系了一件披风,红底掐金丝的大花图案,四边围裹了墨黑绲边,披风领口是一圈白色的软毛,系带是金色的绒缎;更奇的是披风上散落着一粒粒象牙白的珍珠,给金灿的披风又添上了一层温润,把个泥菩萨活脱脱地打扮成了庄严金身。

美华的孙女儿出生在第二年的端午节当天,小名就叫端午。美华带了香炉和瓜果,悄悄地去了一趟湖桥的竹窠园子。美华冲着老宅的方向拜了拜,心里默谢菩萨,又默念:“妈,小熙生了,谢谢您。”

周勤,80后,江苏扬州人,文学专业出身,目前任职于高校图书馆。偶有所得,寄形文字。写作新手,尚在途中。

那不是什么人都能混进去的宴会

文——赵祺姝

你知道,那不是什么人都能混进去的宴会,我至今弄不明白那个男人为什么会出现在黛安娜和乔的家里,不过这与我接下来要讲的事相比显得微不足道。我弄不明白那天,我将用我的余生去想象那天所包含的另一种可能性,想象我的另一种人生。

那是我搬到城里后的第二个圣诞节,我穿了一件华丽到有些夸张的皮毛外套,尽力让自己看起来光彩夺目。开门的是乔,我依次拥抱他和黛安娜,把裹着绿色包装纸的红酒交给他。拐向楼梯的时候我吓了一跳,那里站着一个男人,他半靠着楼梯扶手,西装外面套了一件比他头发颜色浅一点、比他眼睛颜色深一点的棕色大衣。我朝楼梯走过去。我注意到我的外套在灯光照射下晃动的光泽,就算为了这个也可以说那晚穿它是个正确的决定，至少那时我这么觉得。我经过他走上楼梯，到二楼的客房里脱掉外衣，放下手提包。挂外衣时我一直在想他，去年没见过他，我当他是乔和黛安娜新交到的什么朋友。我只看了他一眼就上楼了，但他看我的眼神实在奇怪，我没法忽视，那双眼睛……我说不上来，很专注，有些狂热，又有些忧郁，就好像想起了什么又贵又痛的手术经历，救了他命的那种。

下楼的时候那个男人已经不在那里了，我走到客厅环视黛安娜和乔的客人们，他并不在其中。我没有向别人提起他。黛安娜和乔是我在这个城市最信任的朋友，他们非常照顾我，我不想给他们添麻烦，探听到什么多余的事。用餐非常愉快，我喝了点酒，上布丁之前去了趟洗手间，出来后我又看到那个男人出现在楼梯一侧。他还是那样，目不转睛地看着我，似乎在等我先开口，按理说我应该感到被冒犯，但我心情很好，还有些酒意带来的冲动，于是我站到他跟前，对他说圣诞快乐。我说了我的名字，问他来自哪里，被谁邀请。

“没有人邀请我，”他说，“至于……那个地方早已不存在了，消失在时间之中。”

我料到不会得到答案，就像料到他不会告诉我他的名字作为交换，与其说我并不是很关心我问出的问题，不如说这个人身上的某些东西比笼罩着他的神秘感更吸引我，比如他为什么这样看着我，为什么他的面容如此年轻，说起话来却像一个沧桑的老人。我突然觉得很难过，问他会不会跳舞，告诉他我喝了点酒，可能跳得不好。

“你一定是个很棒的舞者，比我见过的所有人都要好。”他微微弯腰，向我伸出右手，说：“你允许吗？”

我们打开厨房边的后门，溜到花园里跳舞。没有月光，没有下雪，草坪灯很亮，我们的影子在小径上晃动，他看起来不再忧心忡忡。

“我一直在等待这一天……再次见到你。”

再次？仔细回顾我过往二十六年的人生，我一定是漏掉了什么东西，一个人，一段记忆，一种生活。面前的男人在期待着什么，我为我的无知和无所适从感到羞愧。

他并没有对我的茫然表现出失望，这反而让我更加心碎。

“相信我,你是一个我非常、非常了解的人。”他揽着我的腰转了一圈,“我不知道该向你透露多少才符合规则。但如果你对自己的未来感到好奇,我或许可以解答。”

那支舞结束之前,我知道了未来我会经常在哪一家面包店买面包,接下来五年的假期分别会到哪里度假,和我三十五岁时捡到的流浪猫的名字。我不置可否地听着,当作可以参考的生活建议。他还说出了我小时候脚踏车车筐的颜色、脚腕受过的扭伤、高中成人仪式上拥抱的最后一个人。我的过去和未来对他来说就像一本摊开的书,但我没有问及任何足以定义我人生的更为重大的事:工作、婚姻、家庭,我会遇见什么人,又是怎样死去……我每天都在担忧所谓的“未来”。天知道我是怎么忍住的,我只是不想把我的迫切和焦虑一股脑地倒给他,那是上帝该承担的工作,不是他的。所以事情就变成了这样,我漫不经心地询问一些无关紧要的小问题,他看着我的眼睛一一回答,思索时眼球转动的方式就像在回忆久远的往事。

“这么说吧,我第一次见到你的时候,你已经见过我很久。现在的情况你可以反过来理解。”

时间是最令人困惑的东西。在时间面前,人类永远被束缚,永远孱弱,即使不是人类,大概也会觉得时间幽深、神秘、不可阻挡——我看向男人波动的大衣下摆——或许还有点迷人。我不理解时间所谓的规则,也不打算去理解,但我愿意接受他所说的一切。

“这是不是意味着,我还能再见到你,但那时你不会记得我。”

“是的。那会是我初次认识你。”他不再说话。

舞步停止了,我突然明白他的悲伤从何而来。

我问他接下来有什么打算。

“去看更多。”他望向头顶的夜空,语气听起来像在叹息,又有些抑制不住的兴奋。“我活了很久,比你能想象的最老的人还要久。可是,广袤的宇宙、无数的造物、千万颗星星,我还有太多东西没用这双眼睛看过。”

“听起来很不错。也很……孤独。你一个人吗?”

他看向我,又来了,楼梯旁的眼神,那种悲伤的笑意在他脸上重现。他沉默地注视着我，我也看着他，好几次我以为他要说话了，却只看到他嘴唇颤动，最后一次他终于发出声音，问出了我人生中最重要的那个问题："你要和我一起吗？"

我没有马上回答。他看起来不像是那种会在旅途中回头的人，一直向前，不在同一个地方出现两次。我问他还会不会回到这里。

"非要说的话……偶尔也会故地重游，只是隔上个一两百年。"

我在那一瞬间做好了决定。

"我跟你走。"

"这符合规则吗？"我想起他刚才说的话。

"不吧，我想。如果你今天跟我走，你的未来就一定不是我所知道的那样了，对吧？也许我的记忆会因此而产生变化，不好说，我从没试过，但……"

但，为什么不试试看呢？我顺着他刚才看过的方向仰望夜空，冷风吹得我十分清醒。我请他稍等片刻，我要上楼拿包，穿上外套，再找黛安娜换一双舒服的运动鞋。

"恐怕来不及了，就是现在。"他看了一眼手表。"再说，我们要去的地方用不上你包里的任何一样东西，甚至，那里的人都不需要穿鞋。"

我说："得了吧，用不了几分钟。"我匆匆地跑进刚才没有拉上的玻璃门，上楼，回到房间，正当我披起我柔软的、光亮的皮毛外套时，我听见他在楼下叫我，那是我第一次也是唯一一次听到他叫我的名字。我打开窗户，看见他两手插在大衣口袋里，昂脸看着我。

"圣诞快乐。还有，你今晚实在是太美了。"

他的影子倾斜成一个绝望的角度，我看着他，心脏被紧紧地攥住，几乎喘不上气。我转身飞奔下楼，没有拿包，穿着高跟鞋，意识到自己很可能永远地错失了什么机会。果然，花园空无一人，月光依旧稀薄。我回到一楼，加入餐桌上酒足饭饱的交谈，没有人对我耽搁太久的离席表示好奇。我讲话、笑闹，一如往常，却感到生命从此分界。我会照办一个陌生男人透露给我的几个生活细节，从每一次不偏不倚的行动中获得宽慰，我有我的轨迹，轨迹上有我必经的站点，而我只需等待。我要精心、细致地挑选每一天的面包、规划每一年的假期，我要给我的猫取一个属于它的名字。我要继续我普通的生活，日复一日，我要长命百岁，我还要抱恨终生。

赵祺姝，1998年出生，2020年山东大学文学院本科毕业，现为北京师范大学文学院在读硕士。

红房子

文——古琴

我妈不见了。

这天，天还没有亮透，我爸就开始叫哥的门。他是用鞋底子拍的，力量很大，响声也很大，带着火气。我爸起这么早很稀罕，一般都是我妈饭端在桌上，他还插着腰刮胡子，今天一反往常，说明有了比睡觉更严重的事情。哥披着睡衣出来，看到我爸的脸吊成一只秋茄子，乌青乌青，眼睛鼓出，右耳朵一颤一颤，嘴巴像两扇紧闭的铁门。然后铁门开启，狠狠地挤出几个字："去找那个疯子。不管跳河了，还是挂树了，摸电了。活要见人，死要见尸！"

父亲说的"疯子"是我妈。他清晨把肚子腾空了从卫生间出来，才发现餐桌比肚子还空荡。昨晚洗净的不锈钢锅冰冷地搁在炉子上，洗菜池跟晒过几遍似的，切菜的案板挂在钩上，小花狗卧在炉台下昏睡。败家的不言不语把一大家子人撂下，竟然玩早饭罢工。新婚半年的嫂子披着懒散的微卷的长发从门里探出头，挺着半圆的肚子，田鼠般从洞口探出头左右环视了两眼，倏地又缩进去了。我奶盘着腿坐在客厅的沙发上，等了半天温水化蜂蜜，愣没戏。她的脸色像抹了一层乳胶漆一般惨白，端坐如泥塑的菩萨。我爸的脚步重重地踏在院子的地板砖上，"咚咚"地登上大门旁边一米多宽的楼梯，从二楼杂物间"啪"地投下来一捆比我妈麻花辫还粗的绳子。"狗日的，你妈这神神是要上天了。不知哪根筋搭错了，竟然跑了！你不要上班了，出去找！找到就给我……绑回来！捆回来！"他的声音从上往下落，像砖头砸在地板上，震得我哥心里一跳一跳。因为害怕邻居听见，最后三个字我爸是嘴旁边挤出来的，就像汹涌的水突然被放下闸门拦着一样。

我家巷子往南不远的十字路口,几个伸长了脖子闲得学驴叫唤的婆姨,常常靠着电线杆就等着有谁家的破事送到嘴边,让她们嚼上一年半载。

这个四面都是路的小镇,经常有女人出走。自从镇南街有个婆姨去黄西县城开理发店被警察抓了,人们才知道女人出走就是一件说不上嘴的丑事。出走的女人,回来不是带着票子,就是带着婴儿,干的都是下半身的营生。

这样的事,最好是捂住烂在家里,但是总会有捂不住的时候。“老脸都丢尽了! 竟然出了这么个癫婆娘!”我爸滴水未进的喉咙里滚出狠劲,脸色如久不开晴的老天。哥不愿意带那捆父亲赐给的草绳,被父亲咆哮了一顿。妈去哪里了呢? 我妈平时的全部生活就是往返一条五百米线段,除了钻进田里栽苗除草,就是窝在家里洗衣做饭,最大的娱乐活动就是翻那些厚厚的夹着鞋样的书。哥把枕头翻了,床垫子掀了,衣柜抄遍,跟贼洗劫似的。围裙和手套都在,银行卡和存折都在。妈会去哪里? 温泉浴场管拖鞋的,酒店刷盘子的,振兴路扫马路的,都不要上了五十岁的人。她要是像二婶会搓个麻将也好,好赖提供个找的目标。我二婶搓麻将,日里到夜里,月初到月末,年头到年尾。前几年因为一天三场麻将,差点把小宝子搞丢了,被我二叔一刀子扎在膝盖上,在医院住了二十多天,刚能下床就一跛一跛地上了场。小宝子生日那天,二婶在院子摆了一张麻将桌就上了场。她拉着我妈,一张牌一张牌地举到我妈眉眼前培训她,幺鸡,发财……我妈愣学不会,看了两眼就起身帮厨去了。

田里还是光秃秃的,冬小麦刚动身就绿蓬蓬的,几根去年的玉米秆傻傻地站岗,没有什么能藏住人的高秆植物,几百多亩河滩地一览无余。风带着寒气扫荡,田里连个人影子都没有。哥在河滨小镇上装作若无其事地转了几圈,演马戏的风情街,繁华的帝尧商场,连镇西大排档,都找遍了。还给在太原上班的舅舅打了电话,含蓄地问候了半天,确信我妈没有上火车。

昨天妇女节,新嫂子放了半天假给自己过节。我奶活了大半辈子,才知道有个节是女人自己的。她把木梳子刷干净,蘸了水,给自己盘了个油糕头,然后用肥皂把脸洗了两遍,换了一身黑底暗红花的中式缎面衫。家里都被她这身装束惊住了,感觉我奶像老佛爷。我奶盘腿坐在沙发上,招呼我爸和我妈过来,说今天有件顶重要的事。全家人关起大门,拉紧窗帘。我家院子西边的屋子前有一棵柿子树遮盖,光线不太好,三代人大多时间在东半边的屋子里活动。在西屋昏暗的灯光下,我奶打开那扇从未打开过的被杂物包围的小黑门。父亲打着手电,看到里面的墙壁掏了一个小窑,放置了一口精致的陶缸。缸被从里面缓缓移出来,我奶用干抹布仔细擦了两遍,黄釉缸体上绘着古代女子在水边弯腰浣洗的传统图案,还有一朵莲子饱满的莲蓬。缸底下有个图章边框清晰,字迹很模糊,搞不懂什么年代传下来的。我奶拉着我妈的手,轻轻放在宝缸的沿上,就像放在自己的胸口上。我奶的眼里意味深长,一字一板地说:"这缸传下来大约十几代人了。整个河滨小镇的浆水酸菜都是这口缸的引子倒出来的。现在我老了,老二家的就知道打麻将。河滨小镇的人家一年四季就喜欢这口浆水味,今天我把咱家这口宝缸传给你,做最好的浆水菜。"

原来我家做酸菜的引子都是从这口百年老缸里倒出来的,怪不得酸香醉人。河滨小镇的人离不开浆水菜,一年可以不吃肉,但离了这酸爽撩人的老味一天都不能活。没有这浆水菜,老少爷们白天就知道昏睡,夜里就像如将死之人没有了精气神儿。

我爸后退三尺,拍拍膝盖上不存在的土,立刻就跪下了。他拽着我妈的胳膊,力气太大,我妈的身子都被拽歪了,两人一起跪在地上。我爹还双手合十,发誓一般:"谢谢妈,我们一定把这口缸代代传下去。"

我妈跪的姿势当时很特别,直立着腰身,像站着似的。她眼睛低垂,沉默了一分钟,突然深深磕了三个头:"对不起!妈,我不想要这口缸。"

我爸正把额头贴在地上,虔诚得差点把脑袋戳进土里。他侧过脸,对着我妈凶吼:"你脑袋哪根筋搭不上了?怕是疯了!"

我妈起身就往外走。我爸怒冲冲地追出去吼道:"惯了你!总是没来由就一言不发走,甩脸给我受,有本事走了别回来!"

我妈望着他一眼,甩开我爸的手说,不回来了。真的晚上就没有回来。

我妈其实挺本分的,不会玩麻将,也不爱逛商场,对玩手机也没有兴趣。我爸在镇上弄了一个果脯厂,加工蜜枣、山楂干和杏干,效益不是太好,但一家子吃喝还是不犯愁的。按我爸的意思,我妈只要把家务做好就行,几亩河滩地收几个算几个。有了这口传家宝缸,做些浆水菜,赚些人气,多么滋润。这不是很多女人向往的日子吗?可我妈偏偏脑袋犯了浑,不要这宝贝,就在这个女人自己的日子里出走了,下落不明。

已经几天了,我妈就像蒸发一样,天上地下都没有音讯。新嫂子挺着肚子到娘家混饭去了。我爸的咆哮渐渐变成了低吼,最后变成了沉默。他从果脯厂回来,习惯性地躺在沙发上,点开一支烟,等了半天想起没有人端饭。小花狗饿得走路直打软腿,被我爸一脚踹到台阶下,惨叫着卧在地上,可怜的小眼睛东瞅瞅西看看。爸铁青着脸不作声,洗脸、闭门和挪椅子、放碗筷的动作粗野,声音惨烈,发泄着他满腔的怒火。我奶盘腿打坐在沙发上不言不语,她的涂了胶一样的脸紧绷着,只要裂开一条缝就能燃烧爆炸。每天早上润肠的蜂蜜水因为我妈的失踪而终止了。老太太不吃不喝还便秘,气色越来越不好。

这天早晨,哥再一次被我爸的嘶喊声惊醒。我奶不知道清晨什么时候一个人进了西屋里,谁也不知道那口传世宝缸怎么就突然裂成了两半。我奶就躺在地上,脸面朝下,昨夜没有消化的食物从她的嘴里溢出来。

当我从学校被家庭变故的消息召回赶去医院时,我奶已经开颅取出大部分的淤血。她穿着那件黑底暗红花的中式缎面衫,扣子被解开了,脑颅和下半身插着引流管,半开着嘴。她的眼睛挣了半分钟又闭上了,两只手无意识地乱抓,几次差点勾到输液管。医生对我爸说,一周后才能渡过危险期。

那天天气比较反常,跟我家作对似的,明明是春暖花开的季节,却来了一股寒潮,搞得每个人的脾气冻得邦邦硬。我二婶十分不甘地休了一场麻将,来医院里看望婆婆。她把脖子根的头发高高地挽在头顶,充分露出大盆脸,两横粗壮的眉毛搭在眼睛上面,像舞动的蟹钳。她背着小坤包,像马上要去赶赴三缺一的场子似的伸着脖子看了我奶一眼,然后就退到墙根的暖气片跟前,翘了半边嘴唇,声音尖利地说:“怪不得平时端着大架子,原来是家里藏着比命还值钱的东西。家里有个宝贝,单对老二家藏着掖着。这下好了,碎了,成了破瓷烂瓦了,一家人公平了。”我二叔一条腿搭在另一条腿上,缩着腰身,假惺惺地吼:“闭住你嘴,不会当你哑巴!”二婶鼓着眼睛,声音更起调:“不是她看宝失了手,你还被当作傻瓜瞒着呢!这是老天有眼。老太太守着这宝,天天兴奋的,脑出血迟早的事!”我爸挥起手,像红眼的斗牛:“你再说一句,我撕烂你的臭嘴!”二叔假意将二婶拖出去,随即两人一溜烟跑了。

我家的这些事情,就像剥开了的石榴,颗颗都蹦了出来。河滨小镇的人展开想象的翅膀,靠在巷口电线杆上没事伸着脖子学驴叫的婆姨把这几天的事情综合到一起,进行剪辑、拼接,终于把我家的事捋顺了。整个河滨小镇的浆水菜的特色酸香味,都是仗着那口打碎了的宝缸。我妈神经错乱,不要这宝缸,离家出走不见了。宝缸又被打碎了,我奶气得脑出血了。河滨小镇的婆姨聚在巷口,交换见到我妈最后一面的时间,最后锁定放羊的驴蛋子见到我妈的那天黄昏,就是我妈出走的准确时间。

“败家的”,是我爸对我妈的新称呼。我妈败家是从近几年才开始的,以前她想败家也没钱给她败。首先是我哥从小身体不好,十几岁了还像棵随风歪倒的高粱秆子,跟咳嗽结亲了似的,只要换季就像发动的柴油机、拖拉机似的吭个不停,学习自然也好不到哪里。不仅花钱,而且还讨精神。我爸挣的钱不够给他换羊奶和买中成药的。我比我哥身体好,但打架比身体更一流,一次打伤同学的眼睛就赔了五千块钱,爸把我吊在柿子树上抽细了一根鞭子。

我妈的所谓败家是从我考上大学开始的。要说这一切都要怪那个瘸腿李文恩。我上学就不该让我妈送我去黄西县城乘火车,不然就不会碰见她这个高中老师。他在街上对我妈说,你眼睛之前根本不是这样的,原先明亮得很。现在却这般近视浑浊了。咋变成这样的呢?要我说啊,女人不要光低头瞅着锅台上的米,盯着脚底下的田地,老是埋头干活不行,得登高望远。你应该经常登上高山,山顶上有一座红房子,还有红宝塔。你进到红房子里,立刻就会慧眼灼灼。登上红房子看远方,你眼睛就会越来越明亮,看到天际的红云。

就是那天,我妈,两个儿子的农村婆姨,快五十岁的人了,开始了第一次败家,用卖玉米的钱,买回一本厚厚的书,被我爸骂了半天。她一边烧火一边看,把一口刚买不久的好锅烧煳了,黑乎乎的米粥黏在锅底,铲子都刮不下来。邻居耕婶子笑话她跟儿子比赛考清华。那口锅命运真惨,被烧煳了四次,终于扛不住,透了个巨大的窟窿。我爸忍无可忍,一把夺过败家子的书丢进了火塘里。“败家的”后来学精了,装作做手工鞋,每一本书都把鞋样子夹里面,如同加上了护身符,总算免遭了火葬或者是五马分尸。我妈的书越来越多,鞋样也越来越多。但是我妈没有做出几双鞋子。她把做鞋子的工夫都去看书了。终于,我发现我妈看书看得中邪了,有点神经兮兮了。她几次对我说过,老辈人说过山上有座红房子,老师也说山上有座红房子,那一定是真的。

我全明白了。我妈神志不清地离家出走,一定是相信那个瘸腿老师的鬼话,相信那些嘴里没牙的老先人的话,去爬山找红房子了。这要传出去,比那些从黄西县城回来手里抓着票子、怀里抱着孩子的婆姨更让人好笑。那天午后,有人看见我妈手里捧着那本夹着鞋样子的红书,径直走出院子,是那样的义无反顾。她应该是早就下了决心,只是苦于没有借口。我们村子西边是通向黄西县城的水泥马路,东边是起伏的山脉。夕阳红红的,我妈跟平时到田里拔草的姿态完全不同,步子非常快,一直朝东南山走去。这是放羊的驴蛋子后来告诉我父亲的。

我爸憋了一肚子的火气,到了爆炸的极限,肚子一鼓一鼓的,里面全是气。他先是换了一把大锁子,说我妈回来也绝不要她了,让她死在外面喂蚂蚁。又觉得这样太便宜自己的婆姨了,她丢尽了人,应该绑回来好好把肚子里的气出了。他把那根如蟒大绳装在麻袋里,绑在自行车架上,命令我们一起骑车去找我妈。他一路领先,两扇敞开的衣襟像黑旗一样迎着风。我和哥跟在后面骑,拼命蹬都追不上他。我知道我爸现在是一头没头的苍蝇,只会乱窜。只有我知道,我妈会从哪里进山。我不想告诉他们,不想母亲被那条蟒蛇缠住身子。

这山大概有上亿年了,山崖上风化的石头如酥脆的千层饼,跺一下脚就"哗哗"地掉石块渣渣。山路廖无人影,全是雨水冲刷下来的乱石,脚踏在上面刀切一样。我只能徒步进山。终于,我看到了我妈,我爸眼里的"败家的",正在前方上山的密林山路上。她弓着腰,手里拄着一根歪脖子树枝,走得汗水涔涔。

我追近我妈,大声喊:"妈,快跟我回去。您莫名其妙地跑到这里干啥子呢?"

我妈膝盖上都是土,胳膊被石块划了好几道口子。她头也不回地继续朝前走。"山上有红房子。我想爬上去看看……"我妈抹了一把额前的汗。

我气喘吁吁，踉踉跄跄地跟在后面。"妈，您咋就一心想着要去找什么红房子呢？村里有谁见过？就算有，红房子有家好吗？自从我和哥长大了，我爸从没指望您干多少活，您想跟二婶一样玩牌就去玩牌，想和村口无事的婆姨一起去闲唠就去闲唠。您为啥就被那些虚无没影的东西迷魂了呢？"

"老师说，我长期埋头干活，快变成瞎子了。我再不上山看红房子，看看天边的红云，就真瞎了。"

我紧赶两步，拦住母亲："妈，您真是被那个老师害得不浅，您哪变成瞎子了？那么多书，每本书那么多蚂蚁一般的字，您都一字不落地看完了，您眼睛好得很。您要看天边的红云做啥子？能当被子盖？能当饼子吃？"

妈看着我，眼神变得很讶异，仿佛我是个陌生人。她说："山顶有个红房子。"

"妈，您着魔了！您这么神经兮兮地出走，不是惹人笑话吗？"

"我这是在回家的路上。"

"妈，您脑筋真是有问题了！您知道吗，那口宝缸被打碎了，我奶脑出血了，我爸也高血压晕倒了，您儿媳妇也快落月了，您怎么能忍心丢下这些不管呢？

"宝缸碎了？……你奶，你爸，都病倒了？"我妈怔了怔，坐在旁边一块石头上，搂紧怀里的书，突然哈哈大笑，声音穿过松林，惊得几只鸟没命地逃。我妈疯了。

妈终于跟我回来了。我努力说服我爸压下了满腔怒火。我妈神志好像突然又恢复了正常，重新系上围裙，早上给新嫂子熬红枣薏米粥，在锅里热着等嫂子起来。她把我爸的降压药放在床头柜上，以便我爸早晨醒来就记得服下。接着伺候我奶穿衣服，给她喝蜂蜜水，扶着她上厕所。这一切看起来似乎又像之前一样相安无事了。只是，我妈的话越来越少，后来干脆就不说了，像个哑巴。忙完这些，她就摘掉围裙，从大门一侧的楼地上慢慢爬到阁楼上，从那扇小窗子里望着远处的东南山。她一望就是半天，直到我奶"轰隆隆"地震般摇着大门，她才慌忙下来。

我奶从医院回来，脑筋颠三倒四，生物钟也乱了套，常常昼伏夜出地折腾。我爸问我奶认不认识他，她含混不清地说了一个已故的邻居的名字。

她分不清土豆和核桃,分不清米饭和面条,也分不清颜色。她唯一认识浆水菜,不论你把它混在什么里面,她一眼就能看到,一抓就能抓着。她不知疲倦,力大无穷,脾气暴躁,喜怒无常,常常跑出去闯祸。把铁门锁起来,她就摔东西,搞破坏,发疯地摇铁门。我在学校听到这些消息,担心我妈会不会被弄得再次精神失常。

这天,耕婶子送过来一捆芹菜,正在猛烈摇晃铁门的我奶猛然停下了,她的眼睛发亮,像看见丢失的宝缸一样,抢过芹菜,一屁股坐在台阶上,用手当作梳子,把芹菜一根一根梳头发似的捋来捋去,然后在大盆子洗头发一样洗了五六遍,一根一根地晾在衣绳上。她坐在凳子上,死盯着衣绳上晃晃悠悠的芹菜苗,念经一样,嘴里嘀咕不休。等这些芹菜蔫了,她把芹菜分成三股,又开始给芹菜编辫子。有一小片菜叶没有编进去,她就全部拆掉,重新编,一个上午编了一丈多长的芹菜辫子,一根芹菜都不浪费。

我奶沉浸在蔬菜辫子里,不再摇铁门,不再要往外面跑。她盘着腿,分开五指,一遍一遍地梳理着,耐心而专注。河滨小镇上的婆姨们,闲得无事,把一捆捆的芹菜老梗和萝卜缨子,还有麦田里的野荠菜、茵陈草送给我奶,看她编蔬菜辫子打发时光。

我奶只要有蔬菜,她就安静,就能编上一整天。可是哪里有那么多的蔬菜给她玩?我爸说只要我奶能安静不闹事就好。他去陈庄蔬菜批发市场,买回来一捆又一捆新鲜的蔬菜,供我奶玩。

我妈闲暇的时间多起来,魔怔又在她身上出现了。她又拿起了书,痴迷得比以前更甚。煮饭时,心不在焉,把电饭煲当作高压锅放到燃气灶上煮,烧成了一个黑魆魆的塑料疙瘩,差点把厨房都烧着了。我哥在电话里对我说:“妈又念叨红房子了。她买了一大箱红粉笔,在阁楼房间的那个墙壁上,画她的红房子,画了擦,擦了画。”

奶奶编的蔬菜辫子越堆越高。父亲运回一口巨大的黑缸,放置在院子里,对我妈说:“你怕是苍蝇离不开臭肉,狗离不了粪缸,一有工夫就捧着那劳什子。今儿个给你找个事做,你给我每天把妈编过的菜腌起来,免得闲得又脑筋搭错线,再整出幺蛾子!”

我爸没有撕书,我妈也没有和爸违拗。她在院子中间架了直径约两米的大铁锅,把那些蔬菜辫子用剪刀剪成一寸长的段,丢进了煮沸的大铁锅里，滚了两遍。煮过的蔬菜用凉水过两遍，倒进老白汾消过毒的大黑缸里，一层菜一层盐地码好，浇上热腾腾的面糊，盖了一块从汾河里捞出来的大河石。一个月后，河滨小镇的女人闻到了久违的酸香。这天，他们寻着香气，寻到我家，说我妈把那口大黑缸腌出了宝缸的老味。我爸听了喜笑颜开，当场训导我妈和我奶好好配合，将祖传的浆水菜原汁引子保留下去。“败家的！不要再拿着那些劳什子看呀看的了！听见没有？”我爸对我妈大声教训道，“好好地和妈一起做出地道的浆水菜才是正经！女人家应该懂得守住自己的本分！以后再胡思乱想，一把火烧光那劳什子！”

我哥后来告诉我说，当我爸话说完以后，我妈的脸霎时就失去了血色，像僵尸一般面惨惨。她一言不发，走进屋里，一会儿，扛了一个铁锤又走了出来。我们正诧异时，我妈抡起铁锤，猛烈地朝黑缸砸去。那口大黑缸“哗”的一声碎成了两半，浆水菜的汁水满地横流，浆水菜到处都是，诱人的酸香充斥了整个院子。我妈敲碎了缸，把铁锤丢在了浆水里，拍拍手，踩着地上的浆水菜，转身朝外面走去。

有那么一刻，院子里鸦雀无声，所有人都惊住了。我爸呆呆地看着我妈拉开铁门，就要走出院子，竟然傻傻地问了一句：“你要干啥去？”

我妈回过头来，看着我爸，那一刻她眼神明亮，熠熠生辉。她嘴角微微一笑说：“我去山上找红房子！”

我爸终于醒悟过来。他怒吼一声，几步奔过去，一把抓住我妈的胳膊，径直往回拖，一边大声喊我哥。“你妈又发神经了！快些拿那根绳子来捆住！捆住！”久未说过一句完整话的我奶，此时竟然也突然叫了起来：“你这个疯子！你把我的宝缸打烂了！赔我的宝缸来！”

我妈彻底疯了。此后她一直在阁楼上，不肯下来，即使我爸把绳子解开了，她也待在房子里不出门。我哥每天送饭给她，她就赶他走，说：“我在建红房子，别弄倒了我的红房子！”我哥看见墙壁上红粉笔画的房子，连檐接栋，绵延不绝，巍峨高大，直与云齐。

李淑琴，山西临汾人，从事文学创作十余年。小说作品散见于《唐山文学》《牡丹》等刊。

斗鱼

文——王贞虎

古今中外文士均不乏自挽之词,或关于“我”死亡的梦。尽管用的是不同的文类表达形式(甚至电影),个中的叙事结构总是相似的:“我”和一群人参加一场葬礼,去时大家都哀伤,毕竟是死别。但尸体埋葬或火化后,回程时就有点欢乐的气氛,尤其是关系比较疏的那些亲友,有松了一口气、“终于了结一件麻烦事啊”那样的心情。如果是自挽诗文,往往“我”作为叙事人,在画外(也只能居于那样的外部)感伤地观看整个场面,看看谁哀恸逾恒,谁一路说着“我”的坏话或流言蜚语,谁企图欺负孤儿寡母或雪中送炭、伸出援手。灰暗的色调,山如尸骸。素服,寒凉。宜乎有大风、小雨,被吹得披散的长草,风吹过谷地时声声哀鸣。

如果是梦或小说,那结局会是这样的:混在朋友群一块送葬甚至喝着酒的“我”,突然被朋友辨识出来了:“咦,你不是死了吗,怎么还跟我们回来?”

你立时被那话语留下。独自面对那冷风、那草、那新覆的黄土、那累累的墓冢。然后他们继续往前走,走出画面,回返热闹人间的柴米油盐。镜头里,不是他们远去,而是你被推远,愈远愈渺小,终至如沙一般细微不可辨识。

你会认得那颗沙子吗?

虽然“我已经死过一次”这样的说法,往往只是个烂熟的比喻,但我的朋友阿 K 告诉我的下面这个故事,每当我吃鱼时,都会想起它。

很小的时候,有一天晚上,在熄了灯后无边浓稠的黑暗里,阿 K 突然想到死亡这回事(也许白天又弄死了什么昆虫),随即感到一股无涯的空茫——黑暗牢牢包覆着“我”,终至不可见——一旦这胡思乱想的“我”消失了,它将消遁到哪里去? 还是就此不见了? 随即陷入一种莫名的恐惧,会消失殆尽的恐惧。还好那时他睡在父亲与小哥之间,可以清楚地感觉到他们手臂的体温以及清晰均匀的呼吸声;也经常可以听到一板之隔的邻房大哥大声说着梦话,或者大声斥骂、警告,或者虎头蛇尾地说着长长的句子。心里暖暖地冒起一个念头:他们都在呢! 别想太多。于是他就安心地睡着了。

此后像感冒那样久久会重来一次,那种无边黑暗的恐惧。

那些年,对阿 K 而言,最刺激的活动是偷偷拿着畚箕到不远处的一处水塘(据说是河流改道后留下来的),去抓打架鱼——斗鱼。水塘有一个角落常年漂浮着布袋莲,擎着串串浅紫色的花。四方的园地都挖了水沟通向它。那覆着青草的踝深浅沟,斗鱼最多。有时瞧见水草间有白色的泡泡,就知道有公鱼在驻守。有一回阿 K 在沟畔,还看到两只斗鱼在展鳍火并,畚箕一插,两只都手到擒来。

那水洼多深没人知。目测则不见底,水底应是无尽的烂泥。但他们去抓鱼都会避开深水区,水边有草的地方才有斗鱼——多年以后,阿 K 方知那是来自马来半岛的一种原生特有种,秀气,扇形,小圆尾,不像泰国斗鱼尾巴那么大而无当。不论是蓝鳞还是翠鳞,尾一般都是艳红的。每每当畚箕从水草下捞起(水草历经一番踩踏)——看到浅褐色竹篾上,红的、蓝的、绿的鱼在挣扎跳动,心中不由一阵狂喜。

但阿 K 在那里抓到过黄尾的、黑尾的,还看到过一尾一身白的、背脊略带粉蓝色,简直是前所未见,也未曾听闻哥哥们捕获过。

发现时,它出现在小水沟与水洼的交接处。当阿 K 从水沟那端追赶它,畚箕一捞,不中。

就在那时,它脱离水沟的区域,从倒伏的水草间滑向那一汪黑水,然后它钻进水边的草茎下方。那是另一种不知其名的草,茎坚韧而互绕着,根须且相互纠结、缠抱着,然后整团漂浮在水上,尖细的叶子朝上,连绵地捱着塘壁。

阿 K 把桶子挂在左肘上,右手将畚箕抛在草上。他试探着踩了上去,草渐往下沉,蜘蛛、青蛙纷纷跳走。水很快就浸到他大腿,但那纠结的草像垫子那样承载着他,没再往下沉。于是阿 K 轻轻拨开草,继续寻找那尾遁走的鱼。

他熟知斗鱼的习性,它们不喜深水。有一瞬间,他几乎就看到白影一闪;半浸着身体捞捕时,多次抓到往昔常抓到的那几款斗鱼,但阿 K 都把它们倒回水里,就像平日抓到母斗鱼及“假的打架鱼”那样。长大后方知晓那“假的”其实也是珍贵的马来半岛原生种斗鱼,只不过斗起来没那么凶,色彩的变化也没那么戏剧化。他那时全没想到(也全忘了大人的警告):这种水草间因多蛙而有蛇。

一尾青竹丝突然就窜了出来,它的颜色和绿草一模一样,甚至光影明暗也相仿佛。把它的轮廓从周边环境区隔开来时,它已经非常靠近他。虽然蛇身竹竿般瘦小,却好似可以一口把他吞下似的,目光慑人。

一个惊慌,阿 K 后退了一步,脚下就踩空了。

然后呢?

装着斗鱼的铁桶被打翻了。畚箕不知为何被抛向水中央。人下沉,没顶,“咕噜咕噜”地喝了几口带泥巴味的水。

小腿好似被什么东西撞了一下。鼻孔痛。然后是一阵混乱。鼻腔呛痛。好似被水底下的什么力量给推出水面。然后人竟然在塘边,两只手都紧抓着裸露于塘壁上的树根。

猛咳嗽,把自己的身体从水中给拖出来;爬到岸上,吐了几口浊水,仰躺。而后喘着气,重新看到云影天光。天光刺目,乃伸掌遮着双眼,浑身酸软,动也不想动。

阿 K 蓦然想起,大哥曾说过,有一年枯水,附近的山里人来这烂泥里,捞到许多肥大的鳢鱼(当地俗称“生鱼”,即近年台湾及美国视为恐怖外来种之“鱼虎”者。味极鲜美,是淡水鱼中极少数鱼肉无土味者),还从这泥巴里丢出几块厚重的木头,他发现那是三尊灰头土脸的土地公。他以一张“老人头”向他们买来。把它们冲洗干净后,两尊丑的、破损的拿去和附近的土地婆摆在一起,不久前给白蚁蛀得仅剩薄薄的木心,其余化成泥土了。另一尊被他郑而重之地重新上漆、订制新袍、换了新的胡子,供奉在他自己房间一角,初一十五、逢年过节必拜。让他中了几次福彩,换了新车、新老板和新女友。是它们的关系吗?或许不过是迷信。

但阿 K 在杂草上清醒过来后，发现天怎么有点暗暗的，不过正午，却好似黄昏；或有人烧火堆，让烟滤掉了阳光的尖锐。畚箕和水桶都沉到水底去了。全身滴着水回到家，免不了捱母亲一阵藤鞭狂扫。以前她愤怒的鞭子扫在他屁股及小腿上时，身体都会试着扭动闪躲。但这回，阿 K 的感觉却像是打在别人身上，声音很清晰，但一点都不痛。母亲虽然很靠近着他吼，声音却像是从隔壁房间传过来的，非常不真实。她的脸色也显得比平日灰黯，像旧照片那样。

阿 K 不禁怀疑：是世界改变了，还是他的眼睛变了？

那是阿 K 念小学前一年的事了。

沿墙摆了一长列的矮玻璃瓶，水均半满，瓶口盖着木片，每个瓶子里头都各养着一尾雄斗鱼。瓶与瓶间有纸片隔开，一旦拉开，它们就会隔着玻璃耀武扬威，搞到筋疲力尽也不会罢休。那是阿 K 多日来累积的，有的养在不同的瓮里。阿 K 每天花很多时间欣赏它们的美丽。抽开隔板，看它们无伤的炫耀；喂食。但那天，阿 K 只想到应该把它们全放回栖息地去，因它们都显得无精打采，即使拉开了隔板，也死气沉沉。身躯与水面垂直，口朝上，时不时掀开水面吸一口气。尾扇折起、下垂，好似经历了一场激烈的打斗或激情的交配（交配时，母鱼、雄鱼有时会吐尽鳃中气泡，宛如死鱼那样，在水中漂浮良久）。

一瞬间，一整列的空瓶，有的倒下了，有的盛着少量的尘泥死水，游动着细细小小的虫豸。瓶壁着满厚厚的尘土，劳蛛缀网。

阿 K 突然发现，眼前这一切应该只属于回忆，或遥远的未来。他被推到久远的时间之后，那时甚至父亲已过世多年，哥哥们负气离家，母亲衰疲苍老（难怪鞭打也不觉得疼），走起路来摇摇欲坠，独自一寸寸地啃啮寂寞的余年。那木头房子被白蚁彻彻底底地蛀成一摊黄土，梁柱崩垮，铁皮朽烂碎裂，只有水泥屋基是完整的。那感觉令阿 K 十分悲伤。还好那只是一瞬之间，一切又回到正常状况。

狗突然摇着尾巴站起，远眺，一前一后沿着小路奔跑。只见远远的，路尽头那端，父亲骑着脚踏车，从树林的光影里不慌不忙地回来了。然而过了好一会，还不见抵达。莫不是途中耽搁了？像往常那样，停下来，摘一颗初熟的黄梨，检视皮色变淡的红毛榴梿；或拨开草，捡几粒杧果。但不是的,他还在路上,仍然踩着脚踏车,脸的轮廓已经可以看得颇清晰。他确实已过了那株树型有点侧弯的红叶石榴树。努力越过三棵树的距离后,狗也维持奔跑的姿势,四肢张开;侧首、歪着耳朵,好似飘在空中。

屋前光裸的地上一向是白色的大片光斑,也突然变成茶色。阿K再度抬头。往昔如果是这种景观,不止天空会有浓烟(太浓也不行,会不见天日),多半还有丝状的灰烬,一碰就散。但这回不是的。没有烟,只有云。云在更远的地方,略显朦胧。可是好像有什么东西不对劲儿。光穿过时,阿K仿佛看到天空有什么阻隔,那事物好似有"形状"、有"弯度"。阿K移动身躯到不同的位置——可可树下、水池旁、水蓊树下、杨桃树荫眺望,确实,天空好像有什么怪怪的。

母亲呢?她的身影也被推向了远方,一个小火堆的白烟后方,她在那里扫落叶,但也仿佛突然静止不动了。鸡不啼、狗不叫,没有声音。而父亲和狗也都冻结在光影里了。有一股寒气不知道从哪里暗中袭来。

那里有个声音催促他:"逃!"

从天上的光的"形状"和"弯度",看出下降的地方是南方或北方——阿K一向只认得东西,不辨南北——日升日落好辨别——阿K只好往那低处奔跑。

虽然身体好像在大风里呼吸都困难,但还好还能动,逆风似的,在那凝胶似的时空里。感觉经历了许多辰光,赤脚踩过枯枝败叶、尖锐的橡胶果壳(刺痛)、茅草笋尖(灼痛)、根瘤……或软土陷落,踩扁了一个白蚁窝、蜗牛、乌龟。阿K知道他脚底有了伤口,在流血,移动的速度也减慢了。但后面疑似有什么东西紧紧追赶着,让他不敢停下。

不知道消耗了多少时间,天也愈发昏暗,但听得见什么地方有水声"哗哗"。草上隐约有一条兽径,穿过密林。身上这里刺痛、那里灼热,野藤的尖刺、毛虫多彩的毛。穿过密林,就看到光亮;再跨出一步,就看到山水湖了。风好凉,好舒服。那是一处沙滩,浪涛拍打着,卷起白色泡沫。回头一看,有一个略微弯曲的茶色平面,反射着刺目的光。

阿K退至防风林树荫里,看得出那是个巨大的瓶子,有着女人的腰身和屁股的形状,半埋在沙里,单是瓶口就比他还高了。瓶口外侧有一圈金属环,雕着花,写着阿K不认识的藤蔓状的字。

信步往前走,这沙滩多的是各式的巨大瓶子,以酒瓶居多(还有残存的醋味)。还有各色像巨大房子的破船,船身的木板错落,底部都垮掉了,剩下残骸,可以钻进去,感受它如峡谷般的巨大(虽然那时他还没看过峡谷),破渔网和浮球就随意地抛挂在船壁。成堆的老柚子,每颗都有他家那口镬那般大,绝望地挤在一起。

再往前走,是个河口。有浅浅的清水、奔窜的鱼、许许多多的寄居蟹,然后是巨大的脚印。

大地震动。移动中的巨足、高耸入云的身躯,带来片刻的黑暗。风中有一股浮萍的气息。阿 K 看到一个身体只围了一块布的女神朝向岬角那头飞快奔跑。她的头发是金色的,下体围着的布是草绿色的,浑身散发强烈的腥味。

尔后闻到一股腐臭味,成群的大苍蝇在专注地啮食,高草中十数尺长的一块什么。靠近些,竟是一截巨大的鱼尾巴。翠绿色的鳞片剥落,露出白色的肉,被咬得一个洞、一个洞的,吸附着红头绿身的苍蝇。

这让阿 K 想起他曾经落水的那片池塘。虽说深不可测,但也有干枯的时候。有一年好久没下雨,柑橘叶提前落叶以"断尾求生",好多树都枯死了。大哥说他造访过那里。那时不止干到看见底泥,底泥的表层且都被晒干了。躲在里头等待雨季重临的大鳢鱼,迎来了它们最悲惨的命运。被山里人抓走的之外,剩下潜得更深的都被四脚蛇给吃掉了。由于它们头往深处钻,烂泥变硬后,身体就被桎梏住了,动弹不得。闻到鱼味的四脚蛇来自四面八方,就挖开土壳,从它们的尾巴吃起。活生生的一截截啃食,只剩下空的鱼头兀自插在烂泥深处,着满苍蝇。苍蝇飞走时,就露出一个黑色略带血红的洞。鱼体愈大,洞就愈大。他仿佛可以听到头埋在烂泥深处、身体无奈地被慢慢啃食时,老鱼悲哀地鸣叫。

被那鸣叫声唤醒的阿 K,发现自己不止满脸泪水,裤子黏糊糊地凉透了。依旧是无限黑暗的夜,伸出被子外的左手冰冰凉凉的。父亲并不在身边,也许又摸黑潜入母亲的房里去了。母亲房里传来一阵阵压抑的神秘的啜泣。

阿 K 知道那时他已死过一次了。那时可能就溺死在那里头,数日后肿胀浮出,眼耳口鼻都被泥鳅啃啮殆尽。有人说,从那样的经验里过来,生命会被剥蚀掉一部分。

多年以后他离乡在外,每每会梦见到那小水沟去抓美丽的斗鱼,经常在梦中把它们带到他卜居的他乡。甚至参与绿色和平组织,在太平洋阻止不要脸的小日本捕杀抹香鲸时,在那些只有短暂睡眠的夜晚,那热带鱼五色的华丽,依然巡游于他梦中故乡的水塘,布袋莲开着串串淡紫色的花。

而在心理受到伤害时,他就会在梦里或想象里回到那水塘,光裸地沉到水底,躺在烂泥上,背被它吸吮着。不必呼吸,像一具尸体。那些生猛的大鱼欢悦地啃食着他发白的肉身,直到只剩下白骨。想象被那尖锐的齿牙撕扯、啃食时,他有时会感受到一股悲哀的欢愉,而让他产生强烈的生理冲动。他说,他老觉得自己有一副幼小的骸骨沉在那水底,陷埋于烂泥中呢。

然后他就看到那尾在他的童年中逃走的白斗鱼,拖着宝蓝色长长的尾巴,像王、像流星那样从水面划过,拖曳出一片水花。或者在布袋莲叶影里疯狂地交配。母鱼尾鳍前的开口挤出一颗颗白色的卵,大部分被它准确地衔着,游过去,吐在叶下的泡泡里收藏着。但有的遗漏了,竟掉到他骸骨埋处的烂泥里,令他一阵阵悲欣交集。

据说未来会一直来一直来。但长大后我们就知道,未来可不一定会来。如果那是“纯粹”的未来,甚至可能永远冻结于时间之外,是处于永远不来的状态。它好像是某种过去,纯粹的过去。因其纯粹,在来之前就过去了。因此未曾来。

因而他总是困惑,到底哪一个才是他的未来:那副骸骨,还是那尾逃走的鱼?

王贞虎,自由作者,小说、散文、故事、少儿科普等文章散见于《飞天》《雨花》《小说月报》《百花园》《中国铁路文艺》《儿童文学》等数百家报刊。出版有《植物秘闻丛书》5部。

散 文

Prose

数学楼边上的小树林和文史楼

文——蔡天新

1978年，我从浙江台州考入山东大学，10月6日，我乘火车来到济南，开始了为时九年零两个月的大学生活。那时的数学楼在新校（中心校区）南大门内侧，是一幢独立的四层楼房，我们在三楼办公室改装的宿舍住了两年。二楼有一条封闭的通道，向北连接一幢两层的教学楼。那时数学系分四个专业，即数学、计算数学、自动控制和电子计算机。

数学楼的北边有一片小树林，旁边是文史楼，遐迩闻名的《文史哲》杂志编辑部就在里面（后来我听说，文史楼西头还有属于理科的光学系，该系学生里有比我低两级的同龄人薛其坤，临沂蒙阴人，现任清华大学副校长，曾因首次实现量子反常霍尔效应获得“求是杰出科学家奖”和“首届未来科学大奖之物质科学奖”）。

每当下课铃声响起，我们会走到三角地带的空地上或者小树林里聊天。那时候，山大小树林里的白杨树还没有现在这么高大整齐，也没有舒适的桌椅可以休息、看书,不过已经有了石制乒乓球桌和报亭(两者如今均已消失),两条对角线上的小路也已经被行人踩踏出来了。

偶尔,我们会看见日后蜚声世界的电影演员巩俐走过小树林,她的双亲是山大经济系老师。巩俐是在山大校园里长大的,我们上大学那会儿她还不满十三岁。后来因为文化课不太好,经历几次高考失败后,她才调转方向进了中央戏剧学院表演系,那是1985年,我开始在山大读博了。

记得那会儿,包括我在内的不少同学已注意到这位日后被称为"巩皇"的长着虎牙酷似日本演员山口百惠的姑娘。多说山东女子大气,我读书期间见到的未来的女名人绝不止巩俐一个,只不过她是最早见到的。而最近为公众熟知的要数生物学家、美国普林斯顿大学教授颜宁,我入学那会儿,她尚不满周岁,她的家在离山大不远的章丘县(区)。

虽说数学楼、文史楼与小树林构成一个三角形,但却不在一个水平面上。文史楼的地势偏低,它的南门多数时间关着,因此课间休息时我们遇不到文科生。几乎是正方形的小树林却永远开放,它的西边是文史楼,南边是数学楼,北边是校医院和研究生宿舍楼,东北角是化学楼。

说到化学楼,那里不仅有后来的校长邓从豪(我的硕士学位证书上盖有他的印章,1998年元旦前后,他和我的导师潘承洞先生先后去世,山大在一个月内痛失两位校长),还有与薛其坤同龄同年级的马大为,河南社旗人,现任上海生命有机化学国家重点实验室主任。2018年,马大为继校友薛其坤之后也获得了"未来科学大奖之物质科学奖"。

化学楼边上还有晶体材料研究所(国家重点实验室),老所长(主任)蒋民华是我的台州老乡(临海人)。蒋先生毕业于青岛时期的山大化学系,后来参加留苏俄语培训达标,却因为一位从未谋面的台湾姑父政审不合格。我念书时蒋先生已非常著名,1991年,他与潘承洞先生一起当选中国科学院院士。

我入学之前,便听说了山大的《文史哲》杂志,因而文史楼那扇总是封闭的南门对我来说颇为神秘,这种神秘感甚至有某种意义上的启迪作用。不久我又听说,20世纪50年代毛泽东曾表扬过中文系的两位毕业生,也就是"小人物"李希凡和蓝翎,他们敢于挑战"反动学术权威"、红学家俞平伯。后者是浙江湖州人,清代朴学大师俞樾的曾孙,夫人是著名数学家许宝琭的姐姐。

1964年,《文史哲》又一次因为最高领袖而引人瞩目。那年《文史哲》第一期发表了中文系高亨教授的诗词《水调歌头》,上阕开篇:“掌上千秋史,胸中百万兵。”高亨把这首诗寄给毛泽东,收到了回复:“高文典册,我很爱读。”我听说,校门和佩戴我们胸前的校徽上的毛体“山东大学”,即出自此回信的信封。

我还听说,50年代山大中文系就有“冯陆高萧”之说,其渊源恐无法查找。这一说法闻名全国,后来虽一度销声匿迹,但在我们上大学以后又重新浮出水面。“高”即高亨,而排在前两位的冯(沅君)和陆(侃如)堪称20世纪中国最著名的一对伉俪学者。

冯沅君与高亨同龄,他与年轻三岁的先生陆侃如均为古典文学史大家,冯沅君还是现代著名作家,夫妻俩双双获得巴黎大学博士学位。1949年,夫妻两人来到青岛,任教山东大学中文系,陆侃如曾担任校图书馆长、《文史哲》主编、副校长(冯沅君后来也担任了这一职位)等职务,却不幸被打成了“右派”。

我们入学时,冯先生已经作古,陆先生卧病在床,两个月以后他也去世了,却没有听说有悼念活动。当时离“右派”平反尚有一年时光,他既不是副校长,职称也早已从一级教授降为六级讲师,不可能与爱妻同葬英雄山。由于他们没有子女,骨灰由故乡江苏海门的亲戚接回老家,存放碗橱之中。

海门市政府获悉以后,以诞生陆先生为荣,不忍两位大师恩爱一生,死后竟异地相思。经与山东省有关方面协商,将“海门媳妇”冯沅君的骨灰也请回海门,在三阳镇东边的普新村建了一座陆冯合葬墓,实现了他们“在天愿作比翼鸟,在地愿为连理枝”的夙愿。

2015年夏天,我趁着在海门麦穗书房讲课之际,在诗友陪同下,驱车造访了诗人卞之琳故居,也找到那座田野中的四人墓:左边,安卧着陆冯大师,书法家赵朴初题碑;右边,长眠着陆先生父母,陈毅元帅题碑。据说原先是一条泥路,在先我造访的财政部部长项怀诚学长来过以后才有所改观。

冯沅君出生于河南南阳,大哥是著名哲学家冯友兰,二哥是地质学家、学部委员冯景兰,作家宗璞是她的侄女。据晚年的冯友兰先生回忆:“1962

年,乘工作之便,我曾到她家(济南)去过一次,室内的陈设非常简陋。她喜欢买书,但书架子几乎是用几根棍子支起来的,给人的感觉是住旅馆,好像明天就要搬家的样子……"

冯先生和陆先生过世后,由于高亨先生长居北京,"冯陆高萧"只剩萧涤非先生一人了。萧先生是国内研究杜诗首屈一指的专家,我读书时他正主编《杜甫全集校注》。据说 1936 年,萧涤非在青岛结婚那天,他恰好被山东大学解雇,只有老舍先生一人出席了他的婚礼。

有几次,我看见戴帽子的萧先生走过小树林,或站着与弟子们交谈(其中,李从军与我在研究生会共事,后来出任新华社社长,我们对 20 世纪 80 年代文史楼的舞会有着共同难忘的记忆)。我听说,萧老在西南联大做过教授,那他应是我见过的唯一一位联大文科教授了。萧先生是江西临川人,那可是出过大文豪王安石和汤显祖的地方。

印象里的萧涤非先生冬天喜欢围着一条长围巾,我无法想象当年他是清华大学百米纪录创造者,十一秒一的成绩一直保持到中华人民共和国成立以后,他还是清华足球队的主力队员。此外,中文系至少还有两位名教授为我辈所知,以诗歌朗诵著称的高兰和以书法著称的蒋维崧,后者的塑像恰好立在小树林南侧,也就是当年我们的课间聚集地。

正如中文系有"冯陆高萧",山大历史系也有"八马同槽"之说,他们是:杨向奎、童书业、黄云眉、张维华、郑鹤声、王仲荦、赵俪生、陈同燮。其中,杨向奎先生是《文史哲》的首任主编,我入读山大时,杨先生和赵俪生先生等五位或调离或病故,唯有张维华、郑鹤声、王仲荦三位先生尚且健在。

王仲荦先生是浙江余姚人,国学大师王国维的弟子。1981 年,他和萧涤非先生成为我国首批博士生导师,那次浙江文科被剃光头。如今,"八马同槽"和冯陆两位先生塑像已竖立在校园里,紧邻文史楼和小树林。不仅如此,而且我在学人大厦还看见油画《八马同槽》。

最后,我想说说对山大哲学系的印象。哲学系可能没有与"冯陆高萧""八马同槽"媲美的教授,但却有坊间流行的"三怪",即臧乐源的爱情学、刘大钧的周易学和张颖清的全息学。毕业生中也有一位成为著名的社会学家、学部委员李培林,他是济南人,和我同年入学,后来留学巴黎,获得索邦大学博士学位,担任过中国社会科学院副院长。

哲学系主任臧乐源教授嗓音洪亮，却似乎一直未摘掉“诗人臧克家之子”的帽子，后者也是山大校友。臧教授的爱情学较早支持大学生谈恋爱，支持农村来的与配偶没有共同语言的大学生离婚。后来，有一位公众知名度甚高的刘大钧教授成为易学权威，其著作《周易概论》被译成多种外语。

据说刘大钧教授早年三次投考山大未果，他和张颖清教授都依靠自学成才。1978 年，刘大钧在《中国哲学》上发表了第一篇论文《读史释易》，被时任社科院院长的胡乔木看中，写信建议山大将其调入。英年早逝的张颖清教授是内蒙古包头人，他创立的全息生物学曾引发学界争议，1984 年调入山大哲学系，后被破格晋升为教授。

2010 年，刘大钧先生受聘山东大学首批终身教授，同时被聘请的还有文学院周来祥和袁世硕两位教授。他俩是同龄人，同年毕业于山大，分别专攻美学和古代文学，也都曾受业于冯沅君先生。两位是山大文学院堪称“先生”的老师，可惜周先生先去见冯师了，而袁先生的夫人严蓉仙著有《冯沅君传》。

2018 年秋天，在我们入读山大 40 周年之际，商务印书馆出版了我的回忆录《我的大学》。最近，我又为商务印书馆主编了两本诗集——《地铁之诗》和《高铁之诗》，那分别意味着时间之诗和空间之诗，共收录古今中外四百多首佳作，每首附有评析，我也从陆先生和冯先生合著的《中国诗史》中摘录了若干精彩评语。

蔡天新，1963 年生于浙江台州黄岩，1978 年考入山东大学控制理论专业，读研时改为数论方向，1987 年获山东大学理学博士学位，指导老师为潘承洞院士。数论学家，诗人、作家，现为浙江大学数学科学学院教授、博士生导师、求是特聘学者。代表作有《数学传奇》《数学简史》《数字与玫瑰》《数学与人类文明》《经典数论的现代导引》《小回忆》《我的大学》《日内瓦湖》《美好的午餐》《从看见到发现》《26 城记》《现代诗 110 首》(后者共 3 卷，任主编)等 30 多部，作品被译成 20 多种文字。

《得一斋诗钞》与《所思不远》集外的两世诗缘

文——刘晓艺

日前偶读钱塘吴锡麒氏《有正味斋》骈文二则，中心感焉。锡麒为乾隆四十年(1775)进士，自翰林院庶吉士擢编修，两度充会试同考官，入直上书房，转侍讲侍读，升国庠祭酒。我感兴趣的倒不是他如何一路清途华辙，历荐寺台，而是他曾为其师二子所做的两篇序。

吴锡麒的座师冯浩，浙江嘉兴人，乾隆十三年(1748)进士，著《玉溪生诗笺注》；冯浩长子冯应榴，乾隆二十六年(1761)进士，著《苏文忠公诗合注》；次子冯集梧，乾隆四十六年(1781)进士，著《樊川诗集注》。与吴氏一样，冯家父子三人亦皆曾出任典试。吴锡麒《有正味斋》所序者，乃冯应榴之苏轼、冯集梧之杜牧二诗笺也。

嘉兴桐乡冯氏世代簪缨的现象，在明清江南本不少见，但如艾尔曼所定义的"学术共同体"的窄义概念——由血缘姻亲构成的纯学者家族——那种，例子就比较少了，唯海盐涉园张氏世家、嘉定钱（大昕）王（鸣盛）郎舅或可当之。

我特记吴锡麒序二冯事，因这种推及两代的师弟、父子师缘在历史上十分罕见。锡麒谓苏门三学士"海宇硕望，家门奇征"，苏轼本人则"有明允为之父，有子由为之弟。夜月一舟，弹琴亦侍；秋雨万树，对床有思"，他所序的注家、为这位苏文忠公作笺的冯应榴本尊，可不正是一位"志勤于贻厥之余，情洽于孔怀之素"的清代苏文忠公吗？无怪乎锡麒叹赞："求之当世，惟君其人。"然即以苏门之盛，并不闻苏洵门人与轼、辙游，而苏轼诸子迈、过等皆名微，亦不闻曾与黄、秦、晁、张四学士过往。

前时我自鲍重铮师弟处获赠其妻李让眉的《所思不远》集，通读一过，深为推服，以为词门之真赏也。《所思不远》是一部评述清代诗词家的集子，其选目涉朱彝尊、陈维崧、纳兰容若、王昙、金礼嬴、黄仲则、龚自珍、谭嗣同、吴保初、李叔同，从清初到清末凡十子，依其诗作，述其本事，驰骋间既见读书人出经入典的赅洽，又见小女子解诗独有的清慧。

重铮为先师鲍思陶先生的独子，我念大学时，他年方三四岁，聪明顽皮，鲍师视为掌珠。谁能想到他如今已成家立业，本人虽习理科，却娶了一位能够续接乃翁香火的才女。我喜不能禁，逢人口角项斯之余，亦援笔为《所思不远》作书评一则，虽不敢比冯、吴师弟父子故事，也同样是两世诗缘了。

鲍师出生于安徽省枞阳县。枞阳清代旧属桐城县治，是"人人方姚"的古文派基地。正如启蒙与救亡绞缠不清，中国的文学史也与政治史胶葛太过，书写中充满着粗线条的记忆。桐城派因以"道统自任"，至清末已颇显颓圮，"五四"时期干脆被疑古玄同詈为"谬种"，其"阐道翼教"的"义理"遭人人喊打，轰然倒塌；它本质的宋学气息又使得其"考据"的旗帜立而不张，而况本来此宋就非彼宋，有清一代朴学巨轮岂是数人之力可撼动？故《汉学商兑》等官司有时竟会被后世解为“关公战秦琼”式的构建与想象;唯存的“辞章”——它真正独步天下的内功——又以白话文之废止而绝弦。

鲍师原名鲍时祥,他因景慕晋陶渊明而改名鲍思陶,属文作序,总以“桐城鲍思陶”落款。今士无人比鲍师更堪配“桐城”二字,他的旧体诗文,真正是继承和发扬了桐城派的辞章内功。

鲍家世代书香,鲍师生为长孙,自幼深受其祖父钟爱,五龄始即为之亲授诗书。但鲍家至清末似已凋零。我曾闻说,鲍师的高祖旧在姚鼐家坐馆,故鲍、姚两家世代通好。若果然这个传说不谬,则一方面说明高祖其人功名坎坷——大约在秀才以上,举人以下,否则他不会就东塾以谋馆谷;另一方面也说明他的学问出众——想来桐城三祖之一的惜抱先生,肯定不会聘用一个庸儒去教授自家子侄的吧!鲍师祖父嗣承家学,饱读诗书,但在一个“日日新,又日新”的新时代里,他的学问似乎没什么用场。

因叔父家有女无子,鲍师幼年又出嗣叔家。这嗣子的身份并未使他获得双份的资源,却使他成年后背负上了供养两个原生家庭的负担。钱锺书先生童年有过类似的出嗣经历,但同样是读书世家,20 世纪初与五六十年代的历史语境不可同日而语。鲍师少时,不仅家境已没落,且正规的读书环境已然不复。他刚及十龄即遭逢“文化大革命”,祖父去世后等同失学,在初一中断教育之后、1978 年考入山东大学中文系之前的漫漫十几年间,他几乎完全依靠自修而获得了相当程度的古典学养——幸赖家中有劫火未烬的旧籍提供给这位天生的读书种子以阅读。

鲍师本科时就学的情形,有其辅导员张存金先生的一篇回忆文章,记叙得甚为详实:他除了读书外,没有什么特殊的爱好;日常总是规律地“三点一线”,早晨为避校园的嘈杂,他会跑到周边的阡陌间静读,周末则会跑去逛纬四路那家古旧书店淘书。他相貌清秀,性格谦逊,见人总是带着略显羞涩的笑容,是每位老师和同学都会喜欢的类型。

有关鲍师的好人缘,张存金先生记录得非常准确。78 级中文系风云聚会,新生年龄从 19 岁到 37 岁不等,其中“上过山下过乡扛过枪”者不在少数,经过粗糙生活的打磨,他们入学时多已个性鲜明。我还另有几位老师及圈外友人也出自该年级,听他们说起过那些桀骜不驯的人物。鲍师显然与他们很不同。他是除非谈及他所擅长的古典文学题目时才会激扬一番，其余时候则对人对事都无间语。因为性格好，他在本科同学中颇交了些朋友，这些人多数并未走学术道路。

在那文化旷劫之后的 70 年代末 80 年代初，真真是国家右文，世风向学。师长们都喜他是个真正的读书种子，就连专业不治古典文学的老师也都重视他。两年前我曾写过一篇纪念鲍师的文章，时年八旬多的老系主任吴开晋先生在京读到后，竟托 78 级一位学长转告我，来年开春他从北京回济，要特来山大见见我，因为要“谢谢她为我的好弟子思陶写了一篇好文章”。吴开晋先生是治现代诗歌的。遗憾的是，其后不久他老人家就谢世了。

鲍师 1982 年本科毕业，直接考取殷孟伦先生的研究生。殷孟伦、殷焕先二长者，年纪仅差一岁，在山大传统中分称“老殷先生”和“小殷先生”。外界有传鲍师是老殷先生的关门弟子，这是不确的，我起初也有过这样的误会，蒙一位同为殷门出身的师长相告，老殷先生在 1982 年后仍然收过研究生。不过，若说鲍师在旧诗文写作上最得老殷先生赏识，这大体是不错的。师伯刘晓东先生跟南京“学礼堂”做了个访谈，他回忆殷孟伦先生道：“老殷先生是章黄的传统，涉猎面广，他对古典文学相当相当熟悉……对诗词歌赋样样精通。”老殷先生上课的风格随意，闲聊与谈学术相结合，有时候聊着聊着会忘记下课。

我去拜望周广璜教授，也得到同样的印象。周先生早年任老殷先生的学术秘书。顺便说一句，山大似乎有将年轻学者指给老学者当助手的传统，鲍师本人也曾任关德栋先生的学术助手。80 年代初热播日本连续剧《血疑》，老殷先生总是在开播前就招呼上周先生与鲍师到他家看电视，桌上摆好瓜子水果等着两个小伙子来吃。他们的师生、同门关系延及生活的方方面面。90 年代大学教师普遍清苦，这些师兄弟们谁在出版社接了什么活儿，都会分给大家一起做，于经济不无小补。前段时间我整理抽屉理出一张旧稿费单，签字人是周先生，大约是他接洽的出版社。项目是鲍师主持的，给一部名胜诗联作注，刘晓东师伯领了一部分。鲍师也邀请了我加入。那时我方念大三，书出来则已在大四了。注了有 60 几条，稿费得了 700 多元，在 1992 年很是一笔巨款了。

老殷先生爱玩、爱热闹,有空总喜欢拖着年轻人外出旅行,谓“读万卷书,也要行万里路”;他藏书极富,“文革”前已达五六万册,四川老家的部分基本都被抄走,“文革”后还剩有约四分之一,在山东这边存着,年轻人来借阅,他亦并不吝惜,许多好书、珍本就这样随便散佚了,他并不引为憾。他并不是那种成日将自己钉在书桌前孜孜著述的老先生。1935 年,他去日本东京帝国大学师事盐谷温,据说上岸前唯只在船上学会了“吃饭”一词,然而没两年间,他已能将铃木虎雄的《赋史大要》译为中文。周先生语我,老殷先生天资极高,故他能够在极短的时间内弄通一种东西且出成果。但他阅读既博,兴趣点很快随之转移,有些年轻时已钻到相当程度的领域,后来就丢掉了。

老殷先生诗词、尺牍都写得精美,晚年有些应酬性八行书及序文即由鲍师代笔,这事很多人都知道,老殷先生本人亦不讳言,或者毋宁说有弟子为其代笔根本就是他的得意事,因为前波后浪,三日辞归,老派学者的代际传承本就规矩如此。

钱锺书中学毕业前已代父写尺牍、墓志铭,在钱基博的《念劬庐丛刻初编》中颇见收录;在清华读大一时,他代父为钱穆的《国学概论》作序,指出后者叙清学之始漏谈毛奇龄,“未为周匝”,述清学之终又不提及陈澧,“未为具尽”;在皮里阳秋暗讽这位本家有抄袭梁启超之嫌外,他更肖己翁口气谓“宾四论学与余合者固多,而大端违异,其勇于献疑发难,耳后生风,鼻头出火,直是伯才”,其绵里藏针、明褒暗讽之火候,又胜笃诚老儒钱基博多矣。无怪钱穆再版《国学概论》时将是序删去,内中原因,恐非全出他已知是代笔之故。

老殷先生为章黄弟子,故外界有传他的诗词也是从黄侃学的。这也是误会。老殷先生明确说过他的旧诗学自同光诗人林山腴,后者是他的中学老师;在南京中央大学,他从王伯沆先生习骈散及杜诗,从汪旭初、吴梅、王晓湘诸先生学词;汪辟疆、胡小石、陈仲子诸师也教他诗歌,但多半是从研究的角度。当然,南雍的古典教学一直将旧诗研究与旧诗创作拢得很紧,即今之程门高弟仍然秉承着这个传统。希望他们能一直将其传下去。

鲍师的发轫也类其师。他的旧诗写作并非老殷先生所教。从《得一斋诗钞》来看，他少年时已掌握了基础的格律，且在入大学前已有了相当的创作实践。多数篇章还是在“中年哀乐托无题”的时段写就。集中有词但不多，七律七绝为主体，情诗占比相当大。《得一斋诗钞》刊于鲍师身后，他的几位治古代文学或文献的老同事——杜泽逊先生和夫人程远芬以及倪志云、郑训佐、周广璜诸先生——都参与了校订。

有位对鲍师有点了解但又不真正了解的朋友半开玩笑问：一位章黄嫡派传人、一位著书满家的训诂学者，居然还同时是个格律版的仓央嘉措吗？对于这种问题，不正经的回答是：仓央嘉措还同时是个佛爷呢！正经的回答是：情诗情词，本就是章黄的传统。

章太炎一辈子忙革命、忙学问、忙发疯，对男女情事基本不着意，但他所承自的德清俞氏，自俞樾至俞平伯四世皆笃于燕尔之情，而其中的三代——俞樾、俞陛云、俞平伯——皆曾丧偶，都留下过缠绵悱恻的悼亡诗。

黄侃风流，情史多到不能胜数。他又尤擅小词，随便举一阕《天仙子》：“只有闲愁销未尽。春来屡寄天涯信。垂杨绿遍不归来，空有恨。谁相问。花开又是清明近。”——每首的背景后都有个似有意若无情的冤家，其实真正的负心人是他本尊。

《得一斋诗钞》里有大量的亲子诗，这在旧诗的体类中倒是很罕见的。“怜子如何不丈夫”其实是一种现代观念了，儒家提倡的是抑制亲子之情的表达。《礼记·曲礼》中的“抱孙不抱子”本为一种技术性术语，无非谓孙可以为王父尸而子不可为父尸，若孙太小则可以被抱着；然而这句话被过度诠释了，于是传统父子关系中没有身体亲密，同时也就缺乏情感亲密。古代文学中最典型的父亲形象是那位总霜着脸的老贾政，很少有哪次没见他在宝玉前不“断喝”或“冷笑”的。他当然也曾因儿子题了好句而“点头微笑”“拈髯不语”——那是他的人性从面具中强挣出来的稀有时刻。

鲍师是完全走到了贾政的反面。他有亲子宣言谓“平生不改誉儿癖，凭他利口覆家邦”。我的理解是，鲍师天性中带有一种情热，简单地说就是对爱及被爱的渴望，这与他所接受的套装式古典教育所夹带的孔教理念本来颇相抵触，但偏巧他的老师、师祖和太师祖（太炎先生将他的情热转接到另外一些使他犯痴的地方了，但原理相同）也都是与他相类的情热之人，故此他在有意无意间受到鼓励,遂以符合古典形式的方案激扬发舒着他的内心。既然爱情不能明确写出,那么亲子之情总可以大写特写吧? 重铮每年生日,鲍师都会为他写诗,从出生起,《得一斋诗钞》中逐年有录,清晰的年轮印证着从婴儿到儿童到少年的成长。

北大毕业后,重铮师弟去了德国留学。2010 年,他在那里结识了他未来的妻子李让眉。让眉生长于北京,幼承庭训,酷爱古典文学。她的古典修为同样也是套装式的:通格律,擅琵琶,解素绘,甚至会写武侠小说。尚在国内读研时,她已出任高手云集的光明顶诗词论坛的版主;光明顶诗词现在已经有些式微了,但在 2010 年前,它几乎是国内最活跃的格律诗词论坛。诗向会家吟,那也是鲍师生前常造访、发帖的一家网站。鲍师 2006 年归道山,让眉 2007 年才进论坛,两人没有直接的交集。但鲍师生前诸多未曾谋面的诗友,后来都成为让眉在真实世界中的忘年交。她道:“我没缘见过公公,但奇异的是,我平生诸多因循爱好却多避不开他的余荫气息。”

最大的余荫就是姻缘的红线。鲍师曾托子名在网上发过一首五律,让眉读后甚觉惊艳,以为是同校的重铮所作,问及前缘,方才渐渐有了来往。两人在异乡相知相恋,学成后一起回国,均在京从事金融业,安顿好事业后遂成了家。鲍师挚友郑训佐先生专程赴京为他们证婚。如今他们的独子德勒已经三岁了,牙牙稚童,正在跟他母亲学诗。德勒生日,重铮在微信圈里贴了他的照片,小童扬着鼓鼓的、满是“胶原蛋白”的苹果脸,眼睛大而有神,正似鲍师。我百般端详,在那则微信下如实留言心得:“像爷爷!”事后细一琢磨,不免摇头自笑:“我这表现,在宝妈看来,是否像那种眼里只认自家血脉的可恶男家姻亲呢?”

让眉是如何在高强度的白领全职工作与年轻母亲的尿片奶粉生涯中挤出时间写作的,对我来说真如谜一般。当年我在美读硕士与读博的中间档,也曾不知死活地逃逸出学术轨,跑到旧金山一间财富五百强公司当了一名金融从业者。每天清晨乘 BART 通勤西去旧金山岛,晚上披着星星回到东湾的公寓,吃饭洗澡后,只剩躺床上倒着气儿看点电视以颐养天年的劲儿了。工业界的气场与学术场实在是轩轾,至今我一听彭博新闻播报“道琼斯指数”往上跳还是往下跳仍会莫名烦躁,表征为看不下书去,不过

A股和深市对我没有这个效应，看来还是美帝座下的病根儿。

《所思不远》所涉的“清十子”，虽皆诗词作手，但又各有各的生平清奇处。朱彝尊、陈维崧历经国变，崎岖宦幕，朱获窃香偷姨之讥，陈有断袖分桃之事。纳兰容若为贵介通侯，出入扈从，日接天恩，三十一岁上以寒疾奄然而逝，令人生疑。王昙、金礼嬴为夫妇，王好游侠，善弓矢，因尚武之名导致科场蹭蹬，金擅画，淡柔情于俗内，伉俪二人“前船宾客后琵琶”，有过一段潇洒浪漫的日子，终不免在金礼嬴病亡后别鹤离鸾。黄仲则少年时长身伉爽，读书击剑，愿效太白，终是性格决定命运，绮语焚难尽，随着中年贫病相侵，他诗中的元气磨尽，剑气箫心一例消。龚自珍家世高华，父系世代名宦，其母段驯乃大儒段玉裁女，兼具停机德与咏絮才；外祖父寄愿他“努力为名儒，为名臣，勿愿为名士”，然而龚自珍因书体不佳，每战则北，老大不小在科场强占一枝后已是意兴阑珊，他终还是活成了一位名士，在风月事件中担当主角，也留下了今人说不尽的《己亥杂诗》。贵公子谭嗣同全身都是矛盾：勇猛精进，灵魂的支撑点却在禅理；笃孝父母，身心却满盛来自家庭的创伤；决意冲破君权，却为营救光绪而死义。吴保初，“清末四公子”中的另外一位，其父吴长庆为袁世凯发迹的总源头，他官至六品，诗名也远不及陈三立，在清末民初的变乱时局里，这位军二代一方面不免仰仗父荫品花走马，另一方面却又奇迹般地保持着为人的忠淳、正直，甚至是大量的天真。李叔同诗学摩诘，词法五代，同时他又是以西人乐理作中曲的先驱者，这位后来的弘一法师的慧根，在他谱出“一瓢浊酒尽余欢”的那刻，已经透机微显。

上列“清十子”，或久负盛名于国史，或未达人听于市朝，但我可以肯定地说，除非是专治清诗清词的研究者，恐怕不会有读者——文史专长者在内——全面地阅读过他们的作品，全面地解析过他们的生平。因这十位人物的生平跨越整个清朝，而他们的驷马交游既广，“憧憧往来，朋从尔思”，读者在理清他们的社交脉络的同时，也就获得了一张清代文坛点将谱。十子的诗词未必都代表着清诗词的上九之品，但凡作者拈出、特加笺语的，皆有关人物的品格、成长或命运。更为难得的是，此书在以诗词串联人物生平的同时，并没有止步于评述人物。作者继承了中国古代既有的优秀诗话传统，对所引诗词的枢要部分进行了品正，涉面广及诗体、诗法、诗道、诗趣、诗韵等。严羽谓诗之法有五——曰体制、曰格力、曰气象、曰兴趣、曰音节,大致正对应上述五方面。

如陈寅恪《读哀江南赋》中所云,“其所感之较深者,其所通解亦必较多”,解诗的工作,对解诗者的素养与慧悟客观要求极高。欲达“通解”境,先至“所感”域,然这“所感”,却并非积累一定的文史知识即可通关。诗有别材,非关书也;诗有别趣,非关理也。陈永正先生曾悲叹无诗心的“诗盲”强作解人、盘踞诗歌研究领域的学界状况:

> 不少专家教授,极其聪明,读书也多,自身所具的条件似乎甚好,但偏偏就缺乏“诗心”,对诗歌不敏感,无法领悟独特的诗性语言,无法判断其文字的优劣美恶,可称之为“诗盲”,而这些缺乏想象力的饱学之士偏偏又去研究、注释诗歌,强作解人,其效果可想而知矣。这真是既无奈又难以说得清楚的问题,可为知者道,难为外人言。

让眉是如何解《所思不远》中“清十子”的呢?举个龚自珍的例子。龚诗有“以文为诗”的特征,在诗法上,这当然是有争议的。然而《己亥杂诗》的成就,正在于它甩脱了诗歌的某些束缚,从而取得了“文”的“瑰丽奇肆”。诗歌的束缚在何处?“以文为诗”的优势在哪里?让眉是这样解的:

> 音乐性是诗的来处,也是诗的拘束。文之一道,以其不著脚镣,在表达的丰富性上是比诗有优势的,是以龚以文相诗,也就比之大多云山雾罩秀形容词的诗话说得更加清楚明白。

以让眉观之,善文者会有一些技法层面的欲望难以掩抑,但龚自珍做到了以手写心,这与他的本相关联颇大。龚自珍的本相又在何处?让眉拈出龚氏的“庄骚两灵鬼,盘踞肝肠深”二句,谓庄屈二者都厌伪贵真的,这是第一层;第二,龚氏宗刘逢禄,“出常州公羊学派。此派好引古喻今,以经义言政事,倒与他与生俱来、至死未销的勃勃内热颇为契合”;第三,“受教于外公,龚自珍立学是站在汉学肩膀上的,而因其性真,立世问欲之间也未必不受宋学之侵许。但究竟以他的心气和眼界目之,龚自珍比汉宋两个学派都远要更贴近这个世界”。寥寥数语,从所崇、受业、天性、家世几个方面,解读出了诗人关切时代的真诚,“他的心脏接连着这个时代、这个土地的毛细,每一下跳动,都似乎在和人间交换着他的温热”。

谁无瘤疾难相笑？各有风流两不知。先师并非世俗意义上的成功者，他过去不是，在其身后，在人们的话语评价体系中，似乎也仍然不是。《得一斋诗钞》并未成为一部洛阳纸贵的集子，他的名字，也还未达到业内人耳熟能详的程度。他的儿媳李让眉甚至并非文史专业出身，她的作品多刊于"知乎""豆瓣"等网络，颇具拥趸而较为小众，《所思不远》新近由浙江古籍出版社推出，尚不见知于学界。《得一斋诗钞》与《所思不远》两部集子构制不同，一作诗、一解诗，然明见允识之辈应会同意，二集于旧诗一体，皆为知言。如此这般，它们串起我师门的两代诗缘。我独何幸，为此缘证见。

刘晓艺，女，博士，2017 年起任山东大学文学院比较文学与世界文学研究所研究员。本科毕业于山东大学中文系，硕士和博士均毕业于美国亚利桑那大学东亚系；曾任美国嘉信理财公司本地化专家及财经翻译、亚利桑那大学 Outreach College 讲师、北亚利桑那大学现代语言系高级讲师及亚洲研究项目辅修指导、威斯敏斯特学院研究员、山东大学文学与新闻传播学院教学流动岗特聘教授；出版专著 5 部，发表 C 刊及英语论文 9 篇，译作 30 余篇。主要研究方向为：比较文化史、明代物质文化史、民国史及汉英归化法翻译。

王统照与山东大学

文——张洪刚

王统照(1897～1957),字剑三,笔名息庐、容庐,山东诸城人,现代作家、诗人。王统照自小读私塾,1913 年考入济南省立第一中学,1918 年考入北京中国大学英国文学系,1922 年 7 月大学毕业后留校任教。自 1926 年 3 月开始,王统照定居青岛观海二路 49 号,先后在此居住近 30 年,其间他与山大结缘。20 世纪 30 年代,虽未在山大任教,但他扶植国立山东大学学生臧克家走上文学创作道路,并资助其出版《烙印》;王统照曾被邀到国立山东大学代课和做学术讲演;还与老舍、洪深、赵少侯等山大教授共编《避暑录话》。1946～1950 年,王统照担任山东大学教授,其间曾任中文系主任。

20 世纪 30 年代,青岛是个荒岛,国立青岛大学成立后,校长杨振声师承蔡元培,效法其“兼容并包”的办学方针,请来的大批教师都是学术界、文化界一时之彦,闻一多、梁实秋、黄际遇、黄敬思、沈从文、游国恩等名家纷纷前来任教,青岛在文化教育等方面立刻发出了耀眼的光芒。

1932 年,国立青岛大学易名“国立山东大学”,校长杨振声辞职,由赵太侔接任。赵太侔延续杨振声的办学方针,又聘任老舍、洪深、张煦、丁山、王淦昌、童第周、曾呈奎等一大批专家学者,师资阵营更为整齐,学校声誉日隆,蜚声海内。

1926 年 3 月,王统照因母亲病逝回到青岛。7 月,他去北京,辞去了中国大学教授的职位，回青岛后，先后在青岛铁路中学、市立中学（今青岛一中）等学校教书。1929 年 9 月 1 日，王统照创办了《青潮》文学月刊，并任主编。

国立青岛（山东）大学创办后，王统照与闻一多、梁实秋、洪深、老舍、沈从文等教授学者多有来往，他们经常在青岛观海二路 49 号聚谈，他的小屋几乎每日宾客满堂，他们在开辟着青岛新文化的绿洲。

就读国立青岛大学的臧克家，就曾得到过王统照的教诲和扶植。臧克家常去王统照寓所，聆听他谈诗说文。他的第一本诗集《烙印》，就是由王统照和闻一多各出 20 块大洋助其出版的。该诗集由闻一多作序，王统照做发行人。臧克家曾这样回忆："我和剑三交往，开始于 1929 年，在青岛。青岛观海二路四十九号，有座小楼，这寓所就是他的家。观海路，地势耸然，居高临下，俯观大海，水天一色。那时，他在市立中学教书，后来又在国立山东大学兼过课。他在观海二路寓所的两间小小会客室里，接待过闻一多、老舍、洪深……诸位先生，我和吴伯箫同志更是他的座上熟客。剑三为人热情、敦厚、谦逊、诚挚。他的思想并不激进，但能与时俱进；待人接物有点谨慎，但富有诗人气质。他对中国古典文学，对外国文学，修养很深。他爱好美术，写一笔好字，为侪辈所赞许。"①"我的另一位老师是王统照先生，我经常捧着诗去向他求教。他重友谊，真诚待人，对我这个后进，鼓励、扶掖，不遗余力，是《烙印》的鉴定者、资助者，又是它的出版人。可以这么说，没有他就不大可能有这本小书问世。"②

1935 年 7 月，王统照与老舍、王亚平、孟超、洪深、赵少侯、王余杞、杜宇、李同愈、吴伯箫、臧克家、刘西蒙等 12 位文人夏居青岛，以文会友，他们在《青岛民报》上合办副刊《避暑录话》，此期刊是同人性周刊，于 7 月 14 日正式创刊，每周一期。王统照是《避暑录话》最热心的支持者之一，共发表了 7 篇文章，分别是：创刊号发表的短诗《你的黑手》，在 7 月 21 日第 2 期发表的《黄昏阵》，在 8 月 4 日第 4 期发表的《星空下》，在 8 月 11 日第 5 期发表的《蜀黍（高粱）》，在 8 月 18 日第 6 期发表的《失了影的镜子》，在 9 月 1

① 臧克家：《剑三今何在？》，赵明顺、刘培平主编：《战士 · 学者 · 诗人——臧克家先生百年诞辰纪念文集》，山东大学出版社 2005 年版，第 424 页。

② 臧克家：《祖国万岁　母校千秋——山东大学百年校庆纪感》，赵明顺、刘培平主编：《战士 · 学者 · 诗人——臧克家先生百年诞辰纪念文集》，山东大学出版社 2005 年版，第 544 页。

日第8期发表的《枯草》,在9月8日第9期发表的《夜行》。这7篇诗文后来都收入《夜行集》和《青纱帐》中。

这一时期,国立青岛(山东)大学为了发扬学术民主,活跃学术氛围,学校曾把每星期一的"总理纪念周"的集会定为学术演讲时间,聘请学校、院系负责人及校外一些著名专家、学者来校讲学和做学术报告。1935年10月8日,国立山东大学成立国文学会,该学会以中国文学系学生为主。成立会选举徐中玉、陶绍武、朱钻高等9人为理事。国文学会也效仿学校的学术演讲,每两星期请本校教授或校外学者举行学术讲演一次。11月30日晚7时,是国文学会的第五次学术讲演时间,王统照应国文学会同学的邀请,来到山大科学馆大礼堂举行学术讲演,讲题为"悲壮精神与文学的表现"。《国立山东大学周刊》(1935年12月9日)曾刊载了这次讲演盛况:

> 王先生对新文学造诣极深,著作甚多,为国内知名之新文艺作家。该会得知王先生现留青岛,特敦请来校作学术讲演。是晚虽阴雨朦胧,而往听讲者仍达三百余人,足征一般对文艺之爱好。届时由主席略作介绍后,王先生即登台演讲。首讲"悲壮"二字之含义,广征博引,加以解释;然后根据心理学,将悲壮精神与文学的表现之相互关系,详为阐述,听众极感兴趣。至九时半始讲毕而散。

1936年,王统照赴上海主编《文学》。全面抗战爆发后,他在上海从事编辑和写作,宣传抗日。其间,王统照曾任暨南大学教授、开明出店编辑。

1946年10月25日,国立山东大学在青岛复校,赵太侔再任校长。赵太侔邀请老舍担任文学院院长,因其在美国讲学一时无法返还,赵太侔就先兼任文学院院长,虚位以待老舍归来。1947年春,应赵太侔的邀请,王统照来到青岛,担任国立山东大学文学院教授。朱朗在《王统照先生在青岛》一文写道:"一个阳光艳丽的中午,我去访王统照先生,他回来了,给这孤寂枯燥的岛上添上不少生趣,现在在山东大学教书。"[①]1947年5月底,山大学生举行"反内战、反饥饿、反迫害"大游行示威活动,王统照大力支持这一运动;接着学生被逮捕、遭毒打,他愤而辞职,离开山大。

全国解放后,山东大学又聘王统照出任中文系主任,他愉快地重返校

① 朱朗:《王统照先生在青岛》,《益世报》1947年6月5日。

园，为人民执教鞭。“经军代表同意后，学生代表张世伦、姜振华、董国楹、吕慧娟等来到观海二路四十九号，诚恳地请求王统照再做他们的导师。”①

1949年秋，王统照在山东大学开设了“小说写作”与“中国新文学史”两门课程。据吕家乡回忆：“开学后不久，中文系师生召开迎新会，王统照先生担任主持人。王先生给我的第一印象是身材不高、略瘦，行动敏捷，戴着一副深度近视镜。他穿一件蓝色干部服，不断地站起坐下、上台下台，经常放声开朗地笑。”②“王统照先生给高年级讲授‘小说写作’，给我们新生讲授‘中国新文学史’。这门课程是教育部规定新开的，既没有课本，又没有讲义。王先生每次讲课虽然总拿着几张纸片，也不大看，真是漫无边际、随兴所之。”③

王统照主持中文系工作后，提倡厚今薄古、古为今用，在加强文史教学、突出文史特长方面，做了许多有益的工作。王统照虽然执教山大时间不长，但是他的师德教风与人格魅力默默地影响着一代又一代的青年学子。

1950年夏，王统照调离山东大学，就任山东省文化局副局长（后为局长），行前他推荐文学评论家吕荧继任中文系主任。1957年11月29日，王统照病逝于济南。

王统照虽然在山大任职不长，但是他和一大批曾在山大任教的著名教授，如闻一多、老舍、梁实秋、洪深、陆侃如、冯沅君以及其他学者教授一起，使这一齐鲁文化之邦的最高学府更加名扬中外，在山大历史记忆中熠熠闪光。正如著名作家郑振铎在《忆王统照先生》一文中写道：“他在山东大学做教授的时候，乃是一盏明灯，照耀着学生们向光明大路走去。”④

张洪刚，现任职于山东大学文学院。工作之余，致力于山东大学校史及历史名人研究，发表《国立青岛大学外文系学生》《梁实秋与臧克家》《梁实秋与蔡文显的一段师生交往》等多篇论文，并在《大众日报》《齐鲁晚报》《联合日报》《山东大学报》等媒体发表文章近百篇。著有《梁实秋在山大》。

---

① 刘增人：《王统照传》，北京十月文艺出版社2000年版，第376～377页。

② 吕家乡口述，张洪刚、于静波整理：《大师云集　高山仰止——吕家乡追忆他在山东大学求学时代的先生们》，《山东大学报》2019年9月25日。

③ 吕家乡：《风雨人间情》，山东人民出版社2016年版，第231页。

④ 郑振铎：《郑振铎自述》，安徽文艺出版社2013年版，第255页。

夜晨星雨

文——林 莯

昨夜至今晨这雨未曾断歇。还在想,许久未见这般连绵的雨,朦胧间,杂乱的思绪却已在记忆中搜寻。待回过神来,檐角落水已时断时续而后渐长。许是这老天,像个小姑娘,闹也闹够了,哭也哭够了,终是喜笑颜开,放出些柔和的晨光。围墙外的香樟树,也尽褪尘色,覆上了翠绿新装,院里小坛的水仙儿、蝴蝶兰挂着晶莹剔透的水珠子,闪着亮光,格外耀眼。缓缓伸了个懒腰,贪婪地深吸一口,这夹杂着春风,带着淡淡水仙花的芬芳,让人着迷。一想到近日,一连串的不幸,烦躁的心终是平静了些,心想这雨终是过了。

未曾想,停歇半刻,这亮色的晨空又阴沉了些。常说:“人心难测,时上时下。”这老天竟也是如此。眼瞧着,远处无边漫漫的乌云渐近,这天色也是逐渐暗淡,蒙上一层灰雾。心渐渐烦躁,不得宁静。连日的压抑顿上心头,琐事渐渐扰心。曾想过花一点时间来解决,用一点空间来化解。脑中却是一团乱麻,左理右解,不知思绪,不分头尾,无处化寻。

恍惚间,雨点溅落。露白的庭院,一点,两点……溅起水花儿,漫化成片。雨,又来了。一滴,又一滴,仿佛洒落心湖,终是溅起阵阵涟漪,而这涟漪先是一圈又一圈向外,继而交织混杂。又像是群居的猎人蛛般,悬挂心湖表面,成了一个又一个凸起的小疙瘩,让人颇为难受。原本想出去走走,散散烦心,为这雨,却又停留了脚步。微眼斜视,院中的落花正浮于汇集的雨水之上,随着流水跌跌撞撞,飘飘向前……未及思绪转回,这落花便随流水,出了庭院,进了沟渠,不知所踪,无处可寻……

缓缓伸出左手,雨花绽落在手掌,阵阵凉意,四射溅开,点在脸上。伸出右手,抚着面庞,凉意渐淡,暖意渐浓。一手冰凉,一手小暖。此情此景,纵有千情,应在何处述说?纵有万语,又向何人倾吐?哎,不过是,凡心两半,一半心凉,一半心暖。又能怎么办呢?不过无奈自嘲,徒留心头苦笑罢了!

未等云色消散,雾雨停歇,天已缓缓渐沉。忍不住抬头瞟了一眼,不知是云色,抑或月色。前一秒,还隐约可见的连绵山脉,后一秒,便与这雨天夜色融为一体,散了轮廓,消了踪迹。目光搜索着河对岸的灯火,良久,才想起,电从昨夜便停了,何来灯火。有的只是墨色茫茫,乌黑一片。在这伸手不见五指的黑夜,看不见,却听得越发清晰了些。雨声,蛙声,虫鸣,犬吠……此起彼伏,格外刺耳,令人忧烦,徒增心伤。

宣泄许久的雨,终是没了脾气,无了声响。倚靠在阳台,庭院积水倒映着星河月色。放眼望去,今夜,墨色茫茫,星河灿烂,月色姣姣……许久,未曾见过。心道:真美!原本想高呼×××,询问时间几许。终是不忍破了这夜色宁静,惊了这庭下星河。忍不住,呆呆地望着此景。不知许久,直到倦意袭来,想来也是夜深,便回了去。

夜晨绵雨忧思起,星河月色尘心落。躺在床上,脑海中:墨色茫茫,星河灿烂,月色姣姣。……也许吧,末世尚远,未来可期。作罢,便缓缓闭上了眼眸……

飘荡悬浮许久的尘心,终是落下。朦朦胧胧中,模糊的人儿,呢喃又呓语,隐约传来:"晚安,好梦!""嗯,你也是,晚安,好梦!"……

林莯,男,双鱼,普通人。淹没于人海中,在隐秘的角落,描绘着属于你、我、他、她、它的故事。

猫

文——王小梅

生命彼此要如何,才能得到对方信任?

猫性多疑,我收养小流浪猫"卓别林"之后,最初一个多月,很难见到她的踪影,只能由到处屎溺,知道猫还在我家。我每天依据她放屎的地方,推测她的生活动线,民之所欲,吾应从之,所以猫砂盆跟着她的屎溺走。奈何民意如流水,她屡屡更换放屎地方,令人意想不到,譬如,在书架上、洗碗槽里,我常有遭雷劈之感。

渐渐地,她出现在我眼前的次数多了,而且开始会像箭一样自门缝咻进我房间,我的喜悦像是第一次看到孩子走路,但不敢鼓掌,连呼吸都不敢大声,唯恐又把她吓跑。后来,她看我应非匪类,终于敢跳上我的床了,但一定在我碰不到她的地方,以免逃生不及。慢慢地,她更相信我了,开始睡在我枕头旁,那是最不受惊扰的地方,不会被我不小心一腿扫到地下。有一天,我半夜醒来,发现她不是睡在我枕头旁,而是睡在我的枕头上,小脸贴着我的脸,睡得人事不知,那天虽冷,我的心暖极了。

她越来越信任我,譬如,此刻,我窝在床上写稿,她蜷在我腿旁,睡得像一团烂泥。我搔一搔她下巴,手指滑过她气管,她把脖子伸得长长的,让我滑过她每一节最脆弱的地方,连眼睛都不睁一下,如此信任。这种信任让人心融化,此生绝不能辜负。

但是,她真的信任我吗?每次她在外"喵喵"叫门、抓门,我开门揖请她进来时,为什么她都要迟疑两秒,然后咻地自边边一闪而入,充满警戒?她怕我让她吃闭门羹或一脚把她踢出门吗?

为什么她不敢堂而皇之地抬头挺胸进来?她连在家乱拉屎时,我都没打过她，她在怕什么？她在混街头时，曾经历了什么？最初捡到卓别林的是里长女儿，她开了一个咖啡馆，卓别林趁客人开启自动门进入时，一溜烟地闯进去，未料里面有一只巨型爱尔兰牧羊犬，脚掌比卓别林的小脑袋还大，一阵人兽乱闹，卓别林进了笼子，来了我家。以她的戒心，无论如何应是不会随便进什么店家、人家的，她那天应是饿到极惨。

她刚来时，瘦到只在骨架上披着一层薄薄的皮，但一脸桀骜不驯，没有半点可怜样。医生说她已三个月大了，在外流浪应至少两个月。我猜测她的流浪主餐是蟑螂，因为从她到我家开始，我每天上午起床，都看到满地残肢，到处是蟑螂翅膀和细细、毛茸茸的脚，却看不到蟑螂肥滋滋的身体，应都下了她的肚。依残肢判断，她每天至少吃了三到四只蟑螂。

我常像置身杀戮战场。有一次，我看到一只死蟑螂，虽然照例已没有身体，两根长须还连着卑微的小头，真是可以做恐怖片的电影海报。还有一次，我看到一只蟑螂尸体匍匐在她碗里，身体没了，但咖啡色翅膀像蝴蝶一般展开在白色的骨瓷碗中，两根长长的触须依旧直挺挺的，宁死不屈。我简直可以想象，暗夜，她把肥美油亮的蟑螂放进她的白碗里，好好地摆盘，慢慢地享用，这跟我们撕咬一只波士顿龙虾有何不同？只是少了一支浪漫的蜡烛。

朋友知道我家卓别林是抓蟑高手，都无佩服之意，反而疑心我家是蟑螂窝，我欲辩忘言。寒舍在一楼，五十年老公寓，排水沟如护城河环绕四周，蟑螂潜于其间，好不安乐，昼伏夜出，活动多在院子，人蟑无事，本可各自相安。但是，卓别林来了之后，经常巡视，发现我家院子简直就是人间天堂，蟑螂之多，正如苏轼《赤壁赋》所形容的“取之无尽，用之不竭，是造物者之无尽藏也”，而那些笨蟑螂太平日子过久了，毫无自卫意识，还傻兮兮地耀武扬威，伸着长长的须，以为是剑，“卓别林”手到擒来。

我家有一猫抓盆，用瓦楞纸做的，给猫磨爪子。猫抓盆是圆的，呈阶梯状，下窄上宽。卓别林抓到蟑螂即丢入猫抓盆，坐看蟑螂如何奋力逃出，只要它们脱离盆子，她立即巧伸长爪按住；几秒后松手，让蟑螂以为又可以逃了，但才走两三步，她又把它们按住。如此几回合，她再把蟑螂叼回猫抓盆，任它们挣扎。那个猫抓盆很像罗马竞技场，只要进去的蟑螂，没有活下来的，唯一差别只在是否得一全尸。

一只流浪猫,即使已获收养,一天吃四五餐,但仍每天抓蟑螂进补。身为主人,我有些许挫折感。养了四只猫的朋友告诉我,她有一只流浪猫来了三个月后,才终于知道吃饭不必抢,碗里会一直有粮,不虞匮乏。

一语惊醒梦中人。我生于忧患,始终不敢忘记以前三餐不继的日子。所以,卓别林现在虽水粮充足,每天仍要追猎几只蟑螂,正是提醒自己勿忘来时路,何足怪哉。

卓别林初来乍到时,虽然瘦到令人不忍,但毛色油亮,我觉得她就是靠油亮亮的蟑螂滋养的。我在一次忧患症候群又窜上心头时,告诉女儿,千万记得蟑螂,"永远不要忘记,蟑螂是好东西,充满蛋白质"。天生蟑螂,万古不灭,它们是地球活化石,如此强悍,如此之多,应有其天理。周梦蝶有一段金句:"世无所谓或然、偶然与突然;一切已然,皆属本然、必然与当然。"蟑螂的存在耐人寻味,我天生驽钝,只能就我玩味出来的提醒女儿:"女儿,亲爱的,你们要记得,天生蟑螂以养民。"必要时,把它们当陆上活虾吃。

我父母那辈,节俭到近乎悭吝,老时更有囤积癖。他们邻居有一个八十多岁的老太太,每天在路上捡宝特瓶,家里堆积如山,而她坐拥几栋房,房租够她活得像贵妇,但她拾荒,儿女气得不让她上门,不让她抱孙子。我一个朋友的爸爸,九十多岁过世时,有一整衣柜的药,分门别类,俨然药房;他们当年逃难时,求一颗药而不可得。

你要如何相信这个世界不会再伤害你?或者,其实,老天就是要你永远记得这个伤,留下坚实的疤,不要再受伤。

卓别林终于不再吃蟑螂,不是因为吃饱了。那天晚上,她至少吐了十次,吐出来的都是消化了一半的蟑螂,我推测她应吃到被下了毒的蟑螂。她的确付出相当的代价,以后,她不吃了,仍照样抓蟑螂,她是玩,对蟑螂来说,还是死。有一天,我早上起来,捡起掉在地上的睡袍,正想穿上,抖一抖,从睡袍抖下来三只蟑螂,二死一重伤。那只重伤的三腿已残,奋力划着只能动的一只腿拼命爬,吊诡的是,它似乎得了"斯德哥尔摩症候群",它奋力爬去的地方正是卓别林蹲卧处。卓别林纹风不动,守株待兔,直到蟑螂爬到眼前,卓别林轻柔地伸出美丽长爪,按住它肥嫩的肚子……我走出房间,不忍再看了。

卓别林其实没有吃它，我回房时，看到那只蟑螂连最后一只可以动的腿也掉下来了，但触须向世界宣告它仍是活的。我用卫生纸把它抓起来丢进马桶，它仰着，漂着，我按了水箱把手，“哗啦啦”，希望它没有痛觉，不会恐惧。

“月明星稀，乌鹊南飞”，这一切都跟卓别林无关。此刻她安心地睡在我旁边，一只腿搭在我腿上，一只脚趾的尖爪勾着我的皮，这是她的习惯。她连从我身体走过时，都伸着所有爪子，勾着我的皮，一步一小心。这只小流浪猫秣马厉兵，闲来无事时经常啃指甲，拔下旧壳，露出新爪，闪亮尖锐，连睡觉时都不放松，这是猫之“枕戈待旦”。世界，仍让她不敢信任。

王小梅，女，大学本科，90后，现从事幼儿英语教育工作。2016年开始创作，已在公开刊物发表文学作品数篇。

诗歌

Poem

王良的诗

文——王良

渡口

七八年前，在伟东新都听孔范今老师讲说文化、文学与历史，浩荡激越，深沉开阔，仿若回到20世纪80年代的孔子故里。今孔师成书《舍下论学》，捧之再读，感慨良多。

但有危险的地方
也有拯救生长
——荷尔德林

命运之门　敞开
关上　关上　又
敞开　夕阳在苍茫的海上
辉光明灭　那一个个名字
漂浮而来　寻找着
灵魂　渡口
还是迷津　星光下
你与他们默默交谈
用一种灵性的语言
相互追问　你划桨的
声音　召唤我

和我们

师母端来清澈碧绿的茶水

一条从先贤的手指上
伸展的道路　穿过丛林
和硝烟　升起在你心中
像一只伸向未来的手臂
充满渴望　而又
满是伤痕　要挣脱

多少枷锁　揭开多少面具
驱除多少迷障　才能来到
先贤的面前　擦去多少泥污
清理多少虚伪而炫丽的
花环　才能捧起那
朴素的　原初的词
一场思想的风暴　贯穿
你的生命　在命运的迷雾中
寻找渡口　成为你的使命

你拿出珍藏多年的美酒
款待我们　历史的杯盏里
醇厚的回味中　潜伏着悲伤和苦涩

旗帜猎猎过处　号角
此起彼伏　什么在生长
什么——坠落无声
夜正降临　神的目光
照见被时代的机车抛进

阴影里的人　忧伤的脸庞
无助的双手

师母为我们续满清新的茶杯

一些声音仍在流浪
一些名字仍被埋在历史的风沙里
一些眼睛蒙眼布已长在眼眶上
《雷雨》早已在落下的
帷幕后止息　恐惧与自由
的雷鸣　一直响彻到
剧作家生命的黄昏
那支流出一条蓬勃生命《长河》的
笔　在时代森严的壁垒前
顿然　干枯
凝滞

故乡在不眠的长夜里
亲如童年　却在现实的
颓败线上　惶惶不安
缀满星星的天空
如一个凄美的祭坛
前世的泪水
浇灌今生的花朵

你悲悯的目光抚摸着历史的篇章
色彩斑斓的迷津
成为你寻找渡口背景

命运的海上　那些寻找灵魂的

名字　走向你　走向你难以言说的
话语　在时间的河床上　你打捞起
——那些被遗忘　被贬斥　被
锁链封闭的词　在一个
结结巴巴的时代　让这些
异质的词　晒晒太阳
重新呼吸

你的美酒注满我们的酒杯
我们品味着岁月
的丰厚与贫乏　思者的
孤独　仁者的忧伤

思想——不是一种事业
思　是生命的柔肠
人生的慈悲

而时代依然高蹈喧嚣
而血仍在苍白的夜里流淌

而
桨声不倦

2021年4月20日

王良，20世纪50年代末生人，高中毕业后，下乡，当兵。80年代初参加函授学习，曾发表一些诗歌、散文、小说作品。现已退休。

博平的诗

文——博平

人类与动物的悲欢不相通

它们在上面说着我听不懂的话
叶子才是树的根
扎在天上
鸟儿像土拨鼠一样躁动不安
在地下四处乱窜
蚂蚁和人在天空爬来爬去
间错其中的木桌木椅
是设置的关卡
上面还有惊喜的痕迹

从食堂飞来的
吃饱了
在这歇个脚,编首小曲儿
而人却总是步履匆匆
一直奔向没有尽头的远方
或者在为远方谋划的路上

当我离开时
它们写下了狂想曲的休止符

送给我片刻的宁静

有感

你是月色苍凉
十里荷花的孤岛
夹杂着影影绰绰的希望
我燃着犀牛的角
只身去找

一辆红色马车从水底经过
车上的人抬起头
仿佛看见了
隐形站着不动的我
水波倾诉着他们的疑惑、迷茫和焦虑

而我只想对着天边的月
和穿过松林间的风
在心里默默地回味
云在意俱迟

少年

你能看得到吗?
深山幽谷里蒲公英
一样微小
微小
又明亮的光
等待着岁月的风吹起
飘满整个世界

浅色的浪花下的
深水世界
无声的暗流和
汪洋深处的
小河、淡水、温泉
你能看得到吗？

螽斯

今夜，
锦官城的空调坏了，
妈妈们闯了进来，
将军在纸堆上涂了又改，
宜尔子孙，宜尔子孙

今夜，
月光下遥远的呼喊，
揖揖，蛰蛰，绳绳，
韩文靖开始观舞，
醉醺醺地打起了鼓。

西瓜、绿豆、风扇，诜诜。
路灯、烧烤、海风，振振。
还有发情的猫，
螽斯羽，螽斯羽

今夜，
如果你看到一个流浪的行人，
请替我擦去他脸上的泪痕，
他只是在梦里想起了，

汉朝的那个夏天。

桃花源记

上

以捕鱼为业的渔人,在途中莫名地遇到了一片桃花林,不知不觉被吸引过去。

不曾想过,路的尽头是一座山。

只有山上的洞口透露出微小却又明亮的光,那就放下过去的所有,往里面钻。

在逼仄中艰难行进,有些地方只一个人能通过。

在黑暗中独自摸索,不知道过了多久。

兜兜转转,再向前,豁然开朗。

中

来到了桃花源。

这里丰沛富饶,见到了不一样的人、不一样的生活方式。

桃源人很惊讶,询问来历,盛情邀请做客。吃得很撑。络绎不绝地拜访交流。

说当年为了活,找呀找,来到了这个绝境。在这里已经待了很久了。

问起情况,一个一个详细地说,大多感到惋惜。

欢乐地停留几天后,想离开了。

临别赠言:“不足为外人道也。”

也许世界上真正成功的一种方式,是按照自己的意愿度过一生。

下

从桃源中走出,找到自己的过去遗留。

沿着走过的地方,留下标记。

回到了家园,向父母官说了这件事。

父母官派人跟着,随从前的走过的路去找。

可是迷路了,找不到了。

南阳的一位刘大才子听说了这件事,很高兴地规划去找桃花源。

但失败了，不久就病逝了。
后来就再没有问起的人。
初次见面也许是在前世，那时一切都还没来得及发生。
很多年以后，我站在洪流中，偶尔回望过去的自己。
他迈步越过一级一级的台阶，感谢命运的馈赠和殊遇。
春来遍是桃花水，不辨仙源何处寻。

方小为的诗

文——方小为

河

许多我不能重复的事物
在这里,很容易找到

比如,一只候鸟的天堂
一位母亲洗白的月亮
一棵稗子捧出的谦卑

它不在意,还有什么突兀的词汇
掺入进来

不在意,一条鱼上岸后
我的西窗上,压着几封未敢拆开的书信

兵马俑

究竟,我们不在同一个时代
舀水喝,不在同一种法咒上
谈生死

你复活时，闪电断为几截
西安的雨，有多少是你的旧相识
多少手指，在大秦青铜上经过

至于我读到的火与光、枯与荣
不过是你最不想再提的那点事

至于后来的大唐、后来的大雁塔
后来隐藏得更深的陷阱，你稍低低头
那个充满血性的黄昏，会指给你看

致歉

写到一个错，不免暗生悔意
不免要到月光留白处
找到那棵与众不同的蒲公英

这人世的卑鄙者
总不能都长几片心眼
让落在南桥上的雨，有所收敛

不能带着我去见月光下
另一些睡在深层的蒲公英

那些伏在午夜上的白色孤单
仍在春前发问

最终，我们在某块石碑边
相互致歉，把落在南桥的雨

捡来,埋进黑泥土

惊蛰

不一定要等到雷声落到南山
不一定能听见,病树前头的几点雨

去年,父亲在南山栽过几棵柏树
今年特殊,我在北山植过几棵银杏

那些从未谋面的根,有一天
会见面的,那些逐渐茂密的叶子
有一天,会想起一场一场的深秋雨

它们一定能记住谁
上山人的一定会扶着它们
看山下大路上,匆匆而来的拉杆箱

2020 年 7 月 6 日

方小为,男,生于皖南山区,毕业后四处漂泊,现在南京工作,热爱诗歌,视诗歌为心灵净土,有 100 多首作品发表于全国各个刊物。曾获 2020 年柳亚子全国诗词大赛冠军、2020 年世界献血日全国诗赛冠军、2020 年汨罗江国际诗歌大赛佳作奖和张家界国际诗歌节优秀奖等 40 多个全国诗赛奖项。

复羽词十首

文——复羽

八声甘州·二十二岁生辰自酬

【题记】庚子年初，疫犯荆楚。寰宇震动，庶黎惊扰，余亦赋闲滞家，数月乃得归庠序。是年四月初一，余公历之生辰也。适开学之期日迫，因置酒为寿，亲属相嘱。科考经年数载，始归吾土庆此良辰，未免起归根之思。然则少年当展凌云之姿，不应以柔情牵怀甚。于是赋词一首以自酬，兼以咏志。

饮江南晚景落琼杯，一樽酹华年。看重峦状虎，环江似珮，故国新眠。醉倚高楼望断，烟雨唱阳关。明日春潮响，再解云舷。

休叹少年路远，有诗囊万卷，斗酒三千。更丹心碧血，何事久缠绵？想他年、锦衣归第，也应怀、豪举满长安。人生世，昼随春短，且趁容颜。

望海潮·闻钟南山院士之武汉

凌霜初降，彤云骤紧，江城又现风波。龙舞壑幽，龟迟洛画，堪嗟好景多磨。[①] 千里慕神佗。揽壶满星月，囊聚山河。皓首丹心，至今犹忆老廉颇。

嚣哗辗转如梭。但翩挥霭瘴，细解沉疴。涛逐汉流，云腾楚岫，灵均浩

① 上阕四、五句“龙”和“龟”分别对应武汉的蛇山与龟山。

气盈和。谈笑扫群魔！莫叹容颜老，空使蹉跎。异日行舟绿水，还唱武陵歌。

雨霖铃·听张维良先生洞箫奏《枉凝眉》有感

非花非雾。似真还梦，似梦终曙。谁家碧玉泠落？龙嘘紫柱，鼍鸣金鼓。仿佛潇湘暮雨，浪吟洞庭浦。竹上泪，犹自迢迢，昨夜琼英满江渚。

多情自是无情误。况青芝，谪落红尘土！缘来锦瑟迷蝶，缘去也、徵音无主。莫问南风，何事声声叹息千缕。怕会有，鲛客回眸，幻海迷津渡。

霜叶飞·秋晨游栖霞寺

梧桐秋老。香枫舞，彤霞凉浸霜晓。玉钟清绝洗浮心，兰若青烟袅。碧波净，观音渡渺。手拈红蓼迎风笑。渐气朗云舒，乱岫外，羲和万顷，佛塔金耀。

怅古闲始登临，徘徊庭院，寂寥何觅僧绍？谢家台榭覆烟尘，陌上寒秋草。太白子瞻空咏啸，秦皇清祖终枯槁。木叶脱，人间隔，沧海如梭，且歌新调。

花心动·观华晨宇《降临》有感

独履烟波，素衣轻，流霞砌成仙骨。雪落幽兰，香掷飞琼，疑是阆园风物。洛阳青管思春柳，浑未抵，西楼残月。梦魂处，清歌漫婉，玉钟明灭。

世事多由虚设。嵇散后，堪怜广陵弦绝。华缕悲风，晨露生晞，宇宙瞬消云迭。[1] 欲生彩凤双飞翼，辞向北，紫皇金阕。曲终散，浮生只犹未歇。

---

① 下阕四、五、六句暗含藏头。

鹧鸪天·早春游匡庐

风卷重云万仞高,吴山争翠楚天遥。欲乘彩瀑寻仙鹤,复坐连峰望海潮。[①]
醉太白,醒苏豪,润之泼墨若惊涛。江山岂为容颜老,聊看春回又一朝。

鹧鸪天·清明祭祖母

深巷厨香掩竹扉,儿童笑指雉鸡肥。堂前明月教书字,夜尽灯花绣锦袆。
流光醉,惹人归,三千白发已成灰。东风未解天涯客,长使游人赋《采薇》。

鹧鸪天·元夕梦李白

昨夜西风起叠楼,枕窗如卧万峰愁。未消佳景怀清梦,却把凉春作暮秋。
披素褂,秉灯游,满城孤月火萤流。花间有酒应须醉,再使龙泉舞太幽。[②]

鹧鸪天·晚冬赠同窗

犹忆当年羽球飞,窗前笙唱与泪垂。豫章旅馆人无寐,赌誓谁携红袖归。
比邻意,莫颦眉,且乘诗酒且贪杯。北国此去无春色,聊赠江南一束梅。

采桑子·疫时遥怜英国初恋

桃花酒冷清辉断,春也阑珊,梦也阑珊,昨夜西窗玉簟寒。
云中青鸟无痕迹,欲问平安,惟愿平安,别有人间行路难。

复羽,原名甘翌翔,医学在读,现居广州,业余文学创作者。所创作的小说与散文作品散见于报刊与互联网平台。本刊发表的作品系作者的古典诗词处女之作。

---

① “彩瀑”和“连峰”分别指庐山的三叠泉和五老峰。

② “龙泉”本上古宝剑,这里泛指剑。

非虚构

Nonfiction

大罗庄

——一个村庄与一个政党的百年长征

文——姜成娟

大罗庄，是中国北方的一个普通村庄。

马克思说，中华文明的一个特点，就在于它是人类历史上最伟大的定居文明。定居文明共同体的基础是土地。农耕是中华文明的基础。农村，在中国共产党的历史中，有着特殊的重要意义。它是中国共产党的根。中国共产党在农村建立根据地。在广袤的中国大地，农民是这个政党的忠实盟友和最大多数的来源。农业是中国国民经济的基础，也是社会主义现代化建设的基础。农村基层组织是社会组织的细胞。

农民问题始终是中国革命和建设的根本问题。

在人类一切生产资料中，土地是第一位的生产资料。土地革命，是中国革命的核心。

毛泽东说，中国的根本问题是农民问题。谁掌握了农民，谁就能够改变中国。谁改变了中国的土地制度，谁就能够组织农民，谁就能组织中国。

那么，当获得了土地之后，如何组织农民呢？

在组织农民的过程中，中国共产党人又获得了什么样的经验和教训？

中国为什么选择了它所引领的社会主义道路?为什么选择了它所指引的公有制道路?

我选择了把大罗庄作为解剖口来研究论证。

在1946年中国共产党带领大罗庄人进行土地改革以前,大罗庄农民大多没有自己的土地,只能租种地主的土地。土地改革后,农民终于有了自己的土地。

中华人民共和国成立70多年,很多人已经忽视了这一点,那就是:中国农民的土地,不是天经地义就有的。它是中国共产党带领人民用鲜血换来的。

而拥有土地之后,中国共产党人又引导农民组织互助组,走向农业合作化,继续升级为完全按劳分配的高级农业社,用农业合作经济来改变几千年的小农经济,把土地私有改变成为农业合作社集体所有,并由此带动全国手工业和工商业的公私合营。从此,几千年的私有制在中华人民共和国改变为公有制和集体所有制,中华人民共和国独立自主的国民经济体系由此建立。

1990年8月8日,在山东莱西,时任中共中央政治局常委的宋平指出:必须加强以党支部为领导核心的村级组织建设,增强村级组织的凝聚力和战斗力。

他说,一个村就是一个小社会。

大罗庄,就是一个“咱们的中国”。

大罗庄在清康熙年间开村。东有河流,西有206国道,宋姓农民耕读传家。他们脚下的这片土地,是整个中国人口最稠密的地区;事实上,从历史上,中国都是世界上人和土地关系最紧张的大国之一。战国时,人均耕地面积仅有4.5亩,清朝中叶下降到2亩。清朝中期,也就是大罗庄开村的时候,全国人口从1亿增加到3亿,人均占有粮食175公斤。

1899年,大罗庄一个叫宋寿田的男孩出生。由大罗庄往北40公里处,有个村庄叫大北杏,历代属莒县第四区管辖,1952年划归诸城。此时,大北杏村的两间草屋里,一个叫王尽美的男孩已经1岁。此时的两个孩子都不知道,20 多年后,他们相遇在一个盛产煤炭的城市。

宋寿田名延祺,字寿田。宋寿田的爷爷叫宋金梁。宋金梁的字叫柱臣,宋金梁生有三个儿子:长子宋文升,次子宋文礼,三子宋文亭。宋文升,就是宋寿田的父亲。

宋文升生于 1874 年 9 月,1965 年 3 月去世于济南。宋文升字仙舟。宋文升前后娶妻陈氏、王氏。原配陈氏生育有四个儿子。长子就是宋寿田;最小的儿子,叫宋平;第二、第三个儿子,未及成年便夭折。陈氏去世后,娶王氏。续弦王氏所生的三个是女儿。

1917 年,明媚的四月,宋平出生。1917 年,在世界社会主义运动史上,它是应该被铭记的重要年份。这年的 11 月 25 日,俄国发生了“十月革命”。

这个日子的伟大在于,从这一天起,世界上出现了社会主义制度和资本主义制度的斗争。

后来的宋平曾回忆道:“从我记事起,亲眼看到的和在书本上读到的,就是帝国主义的侵略,政府腐败,丧权辱国,军阀混战,民不聊生。”

他说:“当时,为了寻求救国的道路,读了很多东西,也读了一点马列主义的书。想了许多问题,想得最多的是中国的出路究竟在哪里?”

中国的出路究竟在哪里?

1919 年,王尽美则背起土布包袱,告别他的南山和草屋,到省城济南求学。

1921 年春,王尽美等建立济南共产主义小组;1921 年 7 月,中国共产党第一次全国代表大会举行,王尽美、邓恩铭参加。

近代中国的历史表明,中国的农民阶级和资产阶级,都没有能力承担起领导中国革命的重任,不可能领导中国人民完成反帝反封建的民主革命任务。中国的先进分子经过长时期的探索,终于找到了马克思主义这个正确的革命理论,而且认识到:只有社会主义、共产主义才能救中国。

——这就是中国的出路!

中国共产党一开始就是一个以马克思列宁主义为理论基础的党,是一个区别于第二国际后期的社会改良党的新型工人阶级革命政党。

——这就是那个能够带领中国走向复兴和光明的力量和组织！中国共产党!

1922 年 7 月,中国共产党第二次全国代表大会在上海召开。这次大会代表 12 人,代表全国 195 名党员。1923 年 6 月,中国共产党第三次全国代表大会召开。出席大会的代表 30 多人,代表着全国 420 名党员。会议决定,共产党员以个人身份加入国民党。中共三大规定,共产党员加入国民党时,必须在政治上、思想上、组织上保持共产党的独立性。然而,中共三大没有提出工人阶级应当努力争取对民主革命的领导权问题。

1924 年,宋寿田遇到王尽美,是在淄博煤矿。介绍宋寿田到博山煤矿工作的,是大罗庄村旁边村子的宋次陶。宋次陶 1906 年在济南加入同盟会。辛亥革命后,宋次陶受时任省建设厅厅长庄世余推荐,担任博山县县长兼同兴煤电公司总办。

1925 年 1 月,中国共产党在上海举行第四次全国代表大会,与会代表 20 人,代表全国党员 994 人。

中共四大提出了中国无产阶级在民主革命中的领导权问题。但是,对如何实现无产阶级的领导权,特别是如何正确处理同资产阶级争夺领导权中的复杂问题,没有做出具体回答。

1925 年,宋寿田在青岛的同兴公司分号工作。这是王尽美生命中的最后一年。同年 2 月,王尽美抱病到了青岛。在青岛,他参与指挥了青岛纱厂工人大罢工。他多年来忙于革命,衣食不周,生活没有规律,此时身体已经出了很大问题。宽厚的宋寿田,真诚地关心着王尽美的身体。

宋寿田像关心自己的兄长一样,给予了从小失怙的王尽美以真挚、深厚的关心与照顾。宋寿田陪伴王尽美去医院治疗,为他熬药,催促他按时服药;并且在王尽美参加各种会议做演讲时,尽一切可能陪伴在他身边。早春的青岛非常寒冷,王尽美时常咳出鲜血。宋寿田焦急、难过,却没有办法。有时,会议结束,王尽美疲惫到说不出话来,宋寿田就搀扶着他,静静地离开。

1925 年早春,寒冷的夜晚,一轮从黄海边升起的、浸透了寒气的月亮,从天空中冷冷地照着两个年轻人。在青岛这个陌生的城市里，这两个莒县人，就是亲人。

王尽美抓紧一切时间，在理论上继续引导他，给他讲他在苏联的见闻，讲为什么中国必须走社会主义道路，也给他唱起那首《国际歌》。

宋寿田对人类社会发展方向、对共产党的性质和使命，有了更深刻的认识。他下定了决心。

1925年2月，在青岛，在王尽美的亲自介绍下，宋寿田举起拳头宣誓，他加入了中国共产党。

宋寿田加入中国共产党，并不是一时意气，也不是为自己——无论他的收入还是出身，都不在赤贫之列，如果为了自己发财、谋取好处，他不会加入这个以解放全人类为己任的工人阶级的先锋队组织。

由此，我思考：共产党人的理想信念是建立在对社会发展规律的科学认识基础上的，是在长期革命和建设的实践中形成的。

我记起《红岩》中陈然所说，共产党人的精神和献身真理的气节不是建立在情感的基础上，而是建立在高度的理性上。

1925年初，党的四大召开时，有一个统计数字，全国党员的数量是994人。

1925年2月，这个普通的莒地村庄，这个几百年来，除了土地，人们不知道尚且有更高追求的地方，从这个时候，有了方向！

1925年6月，王尽美回到了北杏村。护送的同志中，其中一个就是宋寿田。王尽美去世后，宋寿田又和王象午等把王尽美的灵柩运送回到大北杏村。

在此后，一直到他牺牲的1938年，整整13年里，他的心里始终记着王尽美的话："全体同志要好好工作，为无产阶级和全人类的解放和共产主义的彻底实现而奋斗到底！"

1926年，9岁的宋平离开大罗庄，离开袁公河，跟随兄长宋寿田，到了青岛。在这里，他上学，宋寿田在同兴公司上班，一直到1928年。

宋平记得："当时青岛住了很多外国人，我上小学时，学校的日本小孩很多。这些小孩经常欺负我们，我们中国学生不甘心受辱，就联合起来跟他们斗争。哥哥知道后，就向我们讲岳飞等的故事，让我们好好读书，将来振兴中华。”

大革命失败了。它的失败,让中国共产党人明白,党的领导、统一战线、武装斗争是中国革命的基本问题。只有正确认识和解决了这些问题,才能推进革命事业的发展,并取得最后的成功。在革命烈火中继续经受考验的中国共产党人,没有绝望。

共产党员宋寿田面临着这样的处境:是从此远离共产主义,做一个乱世顺民,赚钱,还是继续斗争,坚守入党时的誓言?他选择了后者。

他坚信:未来的世界,必是赤旗的世界!那不仅是一个中国大地上再无帝国主义的世界,而且还是一个穷人都可以活下去,像人一样,有尊严地活下去的世界!

这就是共产主义者的追求!——不是为自己的升官发财,不是为关起门来过自己的小日子,而是为了世界上最大多数的劳动者、穷人!

这,也蕴含了人民为什么跟党走的深刻逻辑!

真正的共产党人,不存在儒家所谓的“独善其身”。对于真正的信仰者来说,生命就是为党燃烧,为党奉献,生命的一切属于党,并不属于自己。

1927 年 2 月 27 日至 5 月 9 日,中国共产党第五次全国代表大会在武汉举行。

1927 年 6 月 13 日,中共中央常委会议决定,在山东区执委的基础上,建立中共山东省委员会。中共山东省委建立后,即按照新党章的规定,在原来地委、支部的基础上分别建立市、县委等地方组织。从此,山东有了全省统一的党的领导机构——中共山东省委员会。

1928 年,“五三”惨案前,一个温暖的春天,宋寿田带着家人由青岛来到济南。这是世代居住在莒县的宋家人第一次把家安在这个山东的首府城市。

这个有 4000 多年历史的古城,趵突喷涌,千年不止,有湖大明。“海右此亭古,济南名士多。”曲水亭街,泉水流淌,两边人家黑瓦白墙,泉水浣衣,水边嬉戏,济南潇洒,胜过江南。

济南人宽厚包容,并不排外,是个住家的好地方。家于济南,犹如故乡。当时的济南,泉水丰富,地下水位偏高,街道用青石砌成。人走在街上，不时踩到从石缝里冒出来的泉水。春天杨柳新绿，万条丝绦，这就是“家家泉水，户户垂杨”。

这是11岁莒县少年宋平敏锐而冷静的眼睛所看到的济南。

宋寿田在济南从事的是老本行：卖煤炭。

宋家人慢慢地习惯着这个城市的生活。买菜做饭，泉水煮茶。在铁锅上试着做家乡的煎饼。

他们慢慢习惯了到商埠购买日用品，从“瑞蚨祥”购买衣料，到小广寒电影院看电影；从袁公河边，到黄海边，再到趵突泉边，宋家人的生命力与莒文化一样顽强。

1928年5月3日，“济南惨案”发生。日军占据济南后，交通混乱，百业凋敝。到1928年年底，商埠一带难民已经有12万人。其中衣食已绝者10万人。

宋家的煤炭行无法再经营下去了。宋寿田开办了一个养鸡场。

时势决定了革命者的道路。革命者又和广大人民群众推动了社会的发展。接下来的几年，宋寿田隐蔽斗争，宋平考入了清华大学。考入清华大学的宋平和很多“一二·九”运动中先进的知识青年一样，选择了奔赴延安。

1937年10月，秋天微凉的秋风中，宋寿田送走了他的弟弟。弟弟要走了，他叫住弟弟，从自己床上抱起一床毛毡，放进弟弟的行囊里。

宋平提上箱子，离开了济南。

这一去，天涯万里，一生赤诚，他的生命不再属于自己，而是完全属于了他和哥哥共同的组织——中国共产党。

这一去，兄弟两人就是永诀。他们再也没有见过面。

这一去，宋平带着这床毛毡，开始了光辉而洁白的一生。

青年宋平在延安的生活充实愉快，他如饥似渴地学习政治经济学和中国革命问题。边学习，边工作，经历了一个与人民群众相结合、与中国革命实践相结合的过程。

宋平被锻炼成了一个成熟的马克思主义战士。

宋平一直坚信：掌握马克思主义基本理论，与工农群众相结合，有这两条，就能坚定正确的政治方向。

1983 年,莒县同志拜访时任国家计委主任的宋平,宋平说:“这床毛毡,我现在还在用。”

宋平把这床毛毡完整地保留了 46 年!

在那样战火纷飞的年代,宋平是怎样才能保留这床毛毡整整 46 年的?可以肯定,并不仅仅是为了节俭。更多的,是温暖,以及想念。

20 岁起一个人奔赴光明,把自己的一切,都献给了党的事业的那个年轻人,这就是他对亲情的表达。这就是他的思念。这就是我们的宋平同志。

在延安,在重庆,在黑龙江,这床毛毡跟随着他;看到它,这个敏锐冷静的年轻人,就想起亲爱的哥哥,就可以暂时放松;就想起离开家的时候,哥哥在胡同口的最后凝视;就想起哥哥经常对他说过的他们的老家,那个遥远的莒平原上的村庄,大罗庄村。

宋寿田发展了宋延琴、宋延淑入党。他们回到大罗庄建立了党组织,宋延淑又发展了陈堂、宋宜钥等入党,在大罗庄播撒下了星星之火。1949 年,陈堂成为中华人民共和国成立后第一任村党支部书记。他领导了村里的农业合作化运动,带领群众修水库、修路,精神焕发地行走在社会主义道路上。

一代一代中国共产党人,就是这么牺牲着、求索着、奋斗着,走过了一百年。

中华人民共和国成立了。以后的道路,就是这么一家一户种地吗?

作为老根据地,大罗庄完成土地改革,是在 1946 年。中华人民共和国成立时,农民已经拿到土地证,每家种地好几年了。土改后,农民的整体生活水平都得到了提高。有些本来就富裕的农户更加富裕,有的开始买进土地。而有些贫困户,因为生病,或者其他原因,开始卖掉自己分来的土地。

如果这样下去,任由土地自由买卖,会怎样?

红旗已经在全国飘起来了,怎么样才能让它一直这么飘扬着?飘扬得更加好看?

这个问题,本质上是中国道路和方向的问题。

翻开中国历史，我们看到，中国历朝历代都是鼓励小农经济发展的，从汉朝文景之治的轻徭薄赋，到明朝张居正的一条鞭法，但是都没有阻止农村很快到来的两极分化，大地主各种形式的土地兼并愈演愈烈，失去土地的农民越来越多，为了吃一口饭，农民只好揭竿而起；周而复始，一直到清朝完蛋，国民党逃亡台湾。

中国共产党正是因为深刻地认识到这一点，才以“打土豪，分田地”的口号，组织农民打下了红色江山。那么，这个江山怎么样才能不重蹈覆辙，不像历史上所有朝代一样，先是两极分化，继而农民失地，最后完蛋呢？

是不是在建国的同时，社会主义制度就自动确立？不是。

在中华人民共和国成立前夕，中国共产党曾经设想，可能要在15年后，才能考虑向社会主义转变的问题。中华人民共和国成立之初，并没有立刻搞社会主义经济的打算。

1946年完成土地改革，1949年党支部公开，大罗庄与当时的中国社会一样，此时并不是社会主义社会。

中国共产党通过搞革命运动，探索到农村包围城市、武装夺取政权的正确道路。中华人民共和国成立后，马克思主义与新中国实际相结合的正确道路，又在哪里呢？

以毛泽东为领袖的中国共产党人，从生产关系上，从人类文明发展的总体视野，看到了问题，并做出了回答。

道路就是：引导农民组织互助组，走向农业合作化，继续升级为完全按劳分配的高级农业社，用农业合作经济来改变几千年的小农经济，把土地私有改变成为农业合作社集体所有。

由此带动全国手工业和工商业的公私合营。从此，几千年的私有制在中华人民共和国改变为公有制和集体所有制，中华人民共和国独立自主的国民经济体系由此建立。

以小农经济的方式发展农业，长远看，弊端严重。采取农业合作社的方式，不仅是组织农民发展农业，而且还是建立中华人民共和国新民主的一种基础！

这就是以农业合作化开辟一条独立自强的发展新路，打破常规和苏联模式，避免两极分化，凝聚民心，增加核心竞争力，击破西方包围的道路。

这就是中国历史上最伟大、最彻底的生产关系的变革。而后来,中国的发展历史表明,中国能够启动现代化进程,离不开这一变革。一切的发展进步,基于此。

在中国实现社会主义,是中国共产党创立时就确定的奋斗目标。他们从来没有忘记这个理想。一代又一代倒在路上的共产党人,都在对社会主义的无比坚信中,在对它的无限憧憬中,将信念作为力量的源泉。

大罗庄 1953 年成立初级社,后改为高级社。1964 年,水稻试种在大罗庄成功。带领群众完成这一历史功业的,是中华人民共和国成立后大罗庄第二任党支部书记宋维运。从此,大罗庄进入了它历史上最辉煌的时期。当时的大罗庄,精神文明建设也是历史最优。路不拾遗,夜不闭户,村里成立了幼儿园、托儿所、敬老院、宣传队,人们建设社会主义的新生活,也以上层建筑保卫着社会主义。

1981 年,大罗庄实行家庭联产承包责任制。

1990 年 8 月 8 日,莱西会议上,宋平指出:“坚持社会主义方向,加强农村党组织建设,发展集体经济,走共同富裕的道路。”1993 年 6 月 28 日,他返回大罗庄,反复强调的,也是这几句话。

马克思在《路易·波拿巴的雾月十八日》中指出:“人们创造自己的历史,但是他们并不能随心所欲地创造,并不是在他们自己选定的条件下创造,而是在直接碰到的、既定的、从过去承继下来的条件下创造。”

在既定的、直接碰到的、从过去承继下来的条件下,中国共产党以及无数个大罗庄,已经交出和正在书写被历史检验过的答卷。

土地上的故事,从未结束。

旗帜的飘扬,正在继续。

姜成娟,山东莒县人,“80 后”作家,现为山东青年作家协会副主席。创作有《本色》《发现滨海》等报告文学作品,曾获“泰山文艺奖”。

翻译中的失去与寻得：第二语言的生活

Lost and Found in Translation": Life in a Second Language

文——Rachel DeWoskin（杜瑞秋）

译——王炜宁（Weining Wang）

My eleven-year-old student, Siran, turned to me recently during a conversation about Shel Silverstein's poetry and said, in her native Chinese, "English is so wasteful!" I had just been thinking the opposite, that rhyme

我11岁的学生——思然，在最近一次关于谢尔·西尔弗斯坦的诗歌对话中，对我用她的母语中文说道："英文太浪费了！"我的想法正好相反，押韵是一种简练与精密的优美表达。

is a lovely expression of compression and economy.

"Why?" I asked.

She pointed to a "k" at the beginning of the word "know," and scrunched her face up in frustration. "If you can't hear it, then why bother including it in the word?"

Siran is a sixth-grader at Nettelhorst Elementary, a public school on the north side of Chicago. Siran and I both moved here in September, she from Yunnan, China, and I from New York City. We found each other through the school's volunteer initiative, one that partners parents with students. I spent my twenties in China, and speak reasonable Chinese. Siran had arrived in the US a month before we met, speaking almost no English. So the third week of school one of the school's coordinators set us up on a blind date - tutor and student - in Siran's sixth grade classroom.

Siran has several qualities that were obvious immediately: she is the scrappiest, most cheerful, brave and imaginative eleven-year-old I've ever met. She's also resourceful. I learned

"为什么呢?"我问道。

她指着"know"一词开头的一个"k",沮丧地皱着脸。"如果你听不到,那为什么还要花费时间与精力,把它写进单词里去呢?"

思然是芝加哥北部公立学校奈特霍斯特小学六年级的学生。我和思然都是在9月份搬到这儿来的,她来自中国云南,我则来自纽约。我们通过学校的志愿者活动寻找到了彼此,这是一个让家长和学生结成搭档的倡议性活动。我二十几岁就来到中国,会讲一口流利的汉语。思然在我们见面的前一个月才抵达美国,几乎不会说英语。所以在开学的第三周,学校的一位管理员在思然所在的六年级教室里安排了一场助教与学生的见面会。

思然有几个显而易见的特点:她是我曾见过的最好斗、最开朗、勇敢和富有想象力的一个11岁女孩。她也足智多谋。在我们最初的20分钟谈话中,我

in our first twenty minutes of conversation that during the three weeks she'd been in American school, in what must have felt like endless hours of classes she couldn't follow, she had spent her time making a graphic novel about an eleven year old ninja who moves from Japan to Chicago, and alternately destroys villains and waits for snow. Siran loves Japanese culture and comics, and when we met in September, had never seen snow. Her protagonist ninja was multi-lingual, handily equipped with powers to combat both bad guys and culture shock. But Siran herself wasn't able yet to speak to her classmates, so the first day I appeared, her sixth-grade teacher, Laura Holmes, asked if I would mind translating, and then gathered everyone around Siran.

了解到,在她上美国学校的三个星期里,当她感到课堂时间无穷无尽而又无法跟上时,她花了很多时间去写一本连环画小说,讲述一个11岁的忍者从日本搬到芝加哥,时而消灭坏蛋,时而等待下雪。思然喜欢日本文化和漫画,我们在9月份见面时,她从没见过雪。她的主人公忍者可以说多种语言,轻巧地装备了同时对付坏人和文化冲击的能力。但是思然自己还不能和同学们交谈,所以在我第一天出现的时候,她六年级的老师劳拉·霍姆斯问我是否介意来翻译,然后把大家都聚拢到思然身边。

"Does anyone have any questions you'd like to ask Siran?"

"有人有什么问题想要问思然的吗?"

The class went wild. They had hundreds of questions they'd been saving since the first day of school: "When is your birthday; how do you say 'hello' in Chinese; do you have pets; what's your favorite color;

全班狂热得疯了。从开学第一天起,他们就提出了数百个问题:"你的生日是在什么时候?怎么用中文说'你好'呢?你有宠物吗?你最喜欢的是什么颜色?可以给我们指指你在地球

show us your hometown on the globe; who do you live with; what do people in China eat? Think? Drive? Do? Where did you learn to draw? What is that thing you're always working on?"

上的家乡吗？你平时和谁住在一起？中国人都吃什么？想法是什么？是如何出行的？是怎样做事的？你在哪里学会画画的？你平时都在做些什么呢？"

Siran described China to them: warm, a river near her house, parents, cousins, animals, every kind of food you can imagine, only some of it spicy. Sports, the same ones as here. Her favorite TV shows were Japanese, and in Chicago, she lived with her aunt, who was an engineer. Her grandparents were also visiting, and the reason her grandpa stood outside every day at 11:20 in the cold? He wanted to make sure her homemade lunch was hot when she ate it. Would she teach them to write some Chinese characters? Of course! Her favorite things: cats, of which she had seen many, and snow, which she had never seen. There was a collective gasp.

思然向他们描述了中国：气候温暖，在她家附近有一条河，她的父母、堂兄弟、动物以及你能想象得到的所有食物，其中只有一些是辣的。和这里一样的是体育活动。她最喜欢的电视节目是日语类节目。在芝加哥，她和她的姑妈住在一起，她是一名工程师。她的爷爷、奶奶也会来看望她。为什么她的爷爷会冒着严寒，每天在十一点二十还站在外面呢？他想确保她的自代午餐在吃的时候是热的。她可以教大家写一些汉字吗？当然可以！她最喜欢的东西：猫，她见过很多猫；雪，她却从来都没有见过。大家都喘了一口气。

Ms. Holmes asked Siran if she had any questions.

霍姆斯女士问思然有没有什么疑问。

"Is there any chance it will snow in September? And if not,

"在九月份有可能会下雪吗？如果没有下，十月呢？十一

October? November?"

月呢?"

I watched the class describe snow, and sledding, ice skating, snowmen, Christmas. They were thrilled and so was she; everyone got to be an expert, Siran on her own life, world, language and culture, and the sixth-graders on holidays, weather, America. They all felt like teachers, lucky to have each other there. This beautiful exchange wasn't a coincidence, of course; it was the result of Laura Holmes' thoughtful teaching. She spent a decade traveling the world, during which time she taught English in Japan. She understands, intellectually and viscerally, what it means to move around the world and live outside of one's own linguistic, time, and comfort zones. And how to teach kids like Siran.

我看着班上的学生描述着雪和雪橇、滑冰、雪人、圣诞。他们和思然一样,都很激动;每个人都一定成为专家:思然在她的生活、世界、语言和文化上,六年级的学生则在假期、天气、美国等等方面。他们都很像老师一般,很幸运能有彼此。当然,这种美妙的交流并非巧合,而是劳拉·霍姆斯深思熟虑的教学成果。她花了十年时间去环游世界,这其间她曾在日本教英语。她在理智与内心深处明白,环游世界,生活在自己的语言、时间和舒适区之外到底意味着什么以及如何教像思然这样的孩子。

The word "globalization" appears everywhere these days, but the stories tend not to be about what it means for kids like Siran and her classmates. Or their teachers. They're about jobs, inexpensive TVs, expensive energy. Maybe China realized earlier than America did that globalization is about

"全球化"这个词现如今无处不在,但这些故事往往不倾向于表述像思然这样的孩子,她的同学们。或者是他们的老师。它们是关乎工作、廉价的电视、昂贵的能源。也许中国比美国更早地意识到全球化关乎着人们的交谈、学习语言、送孩子到

people talking, learning languages, sending their children to study in each other's countries and read each other's books. Because when reforms began, long before ships full of sneakers and trinkets sailed overseas, planes were already packed with people working on rebuilding a thirty-year gap in contact, friendship, conversation.

对方国家学习、阅读对方的书籍。因为当改革开始时,早在满载着运动鞋和小饰物的轮船远航海外之前,飞机上就已经挤满了致力于在30年间隔中重建联络、友谊和对话的人们。

Once the class had gone back to its tasks and Siran and I were alone, she told me, with tremendous urgency, "There's one more question I need to know in English."

当全班同学都回到了自己的课堂任务中,只有我和思然单独在一起时,她带着极大的紧迫感告诉我:"还有一个问题我需要理解它的英文。"

"Which one?" I asked.

"哪一个?"我问道。

"What sports do you like?"

"你喜欢什么运动?"

"You want to know how to say 'what sports do you like' in English?"

"你想知道怎么用英语说'你喜欢什么运动'?"

"Right, and how to answer. It's very important for me. And also, 'I like baseball and swimming.'"

"对,还有怎么回答。这对我来说很重要。然后,'我喜欢棒球和游泳'。"

We worked on those for hours, until she had each line perfectly formed and memorized.

我们花了好几个小时,直到她把每一行语句都完整地组织好并且记住。

In the four months we worked together, Siran taught me the global language of sixth grade, corrected my pronunciation of the Chinese word for "week" ("You don't have

在我们一起合作的四个月里,思然教会了我六年级学生的全球性语言,纠正了我对"周"这个中文单词的发音("你的新发音不必要太夸张。"她柔和地告

to be so exaggerated in your new pronunciation," she told me gently, after I got it right and apparently gloated.). She showed me how to play "Zingo," a silent Bingo game featuring words like "bunny," "owl," "hat" and "dog." Together, we made a giant picture of Siran, which she labeled carefully in both languages and then clothed in elaborate tissue-paper outfits. When we hung the paper Siran in the hallway, it seemed lonely, so she made a paper dog to accompany it.

诉我,在我学对以后,她显然很是洋洋得意)她教我怎么玩"Zingo",这是一款无声的宾戈游戏,里面有"兔子""猫头鹰""帽子"和"狗"等有着特别意义的词汇。我们一起制作了一张巨大的思然图片,她用两种语言仔细认真地给它贴写标签,然后穿上精致的纸巾装束。当我们把纸制的思然挂在走廊上时,它似乎很孤独,于是她做了一只纸狗陪伴着它。

Then we read, "Clifford the Big Red Dog," and Siran reminded me what I once knew but had forgotten: in China, people don't have big dogs, only lap dogs. When we read Mo Willem's Knuffle Bunny trilogy, which Siran loved more than any other books we've read together, she copied all the words down, made her own illustrations, and was so delighted by the character Trixie's pronunciation of "K-nuffle" in the second book that she could barely contain herself.

"Trixie thinks you should hear the k, too! Just like I do."

In Chinese, "K" is never silent;

然后我们阅读到"Clifford the Big Red Dog 大红狗客里弗",思然让我想起了我曾经知道但已然忘记了的事情:在中国,人们不喂养大狗,只有观赏性的小狗。当我们读到莫威廉的 *Knuffle Bunny* 三部曲时,思然喜欢这本书甚于我们一起读到过的任何一本书,她把所有的单词都抄了下来,自己做插图;她对于第二本书中的人物形象特里谢的"K-nuffle"的发音非常欣喜,甚至几乎控制不住自己。

"特里谢认为你也应该能听到K! 就像我一样。"

在中文里,"K"从来都不是

it asserts itself. And Siran apparently made this known to her teachers and classmates, too – reminding all of us what we get when our schools are made more global. We find common ground in books, talking about language at a level so granular each letter counts. And numbers are also ambassadors. When Siran and I studied time "in English," she had an epiphany.

沉默的,它表现着自己。思然很显然也让她的老师和同学了解到这一点——这提醒了我们所有人,当我们使我们的学校变得更加全球化时,我们会得到些什么。我们在书籍中找到了共同点,在同一个层次上谈论语言,其中的每一个字母都很重要。数字也成为使节。当思然和我在学习用"用英文表达时间"的时候,她顿悟了。

"All you have to do is add o'clock," she shrieked, "just like Chinese!" And then she threw her arms around my neck – finally, something that made clear sense even in English: numbers.

"你要做的只是加上'点钟'就行了,"她尖叫道,"就像中国人一样!"然后她用胳膊搂着我的脖子——最后,用英语都说得非常清楚:数字。

When we made cranberry bread the week before Thanksgiving with her devoted and wildly creative ELL teacher, Laura April, Siran danced through the kitchen gleefully, cracking extra eggs into the batter, and halving the flour. "What are you doing?" I asked in English.

感恩节的前一周,当我们和她既专注又富有创造力的老师劳拉·阿普里尔一起做蔓越莓面包时,思然兴高采烈地在厨房里跳舞,把多余的鸡蛋打成面糊,把面粉减半。"你在干什么?"我用英语问。

"It's too dry!" she told me first in Chinese and then in English, and when I said we were using a recipe, she looked at me blankly.

"太干了!"她先用中文,然后用英文来告诉我。当我说我们遵照的是食谱时,她茫然地看着我。

"I don't know that word," she said. I said it in Chinese, and she kept up her blank stare. "Too much flour," she repeated, "too dry!"

When we were done, as Siran and I walked out of the kitchen, she told me she thought that Ms. April was speaking Chinese to her.

"Just now, you mean?" I asked.

"All the time!" she said. "I think Ms. April speaks Chinese now."

I wouldn't have been surprised if Laura April had in fact learned Chinese in honor of Siran. But when I asked her, she laughed. "I think she's just getting used to the way I speak English."

"Maybe English is just becoming more familiar," we suggested to Siran.

"The more familiar it is, the more it's Chinese," she told us. "I can hear whole Chinese phrases in Ms. April's sentences. Even though they're English!"

So we found words that overlap - English words that seem to contain Chinese sounds. We did this mostly through rhyme, and it was a

"我不知道那个词。"她说。我用中文说了一遍,她仍然茫然地瞪着我。"面粉太多了,"她重复道,"太干了!"

当我们结束后,我和思然走出厨房时,她告诉我她认为阿普里尔女士在和她说中文。

"你的意思是,就在刚才吗?"我问道。

"一直是这样!"她说,"我想阿普里尔女士现在会说中文了。"

如果劳拉·普利尔真的是为了思然而学习了中文,我也不会感到惊讶。但当我再问她时,她笑了。"我想她只是习惯了我说英语的方式。"

"也许英语只是变得越来越熟悉了。"我们给思然提议。

她告诉我们:"越是变得熟悉,就越是像中文。""我能在阿普里尔女士的句子中听到完整的中文短语,即使它们是英语!"

然后我们发现了一些重叠的词——包含着汉语发音的英语单词。我们主要是通过押韵来做到这一点的,这是一门令人

thrilling lesson since we'd spent so much time agonizing over the places where the languages never intersect: "th's," "sl's," "r's," "l's," the list goes on. We came up with rhymes that happen in English and are easy to pronounce, since they share sounds with Chinese words. We were hoping Siran could write an English poem of her own and read it out loud correctly. Here's what she came up with:

激动的课程,因为我们花了太多时间,苦恼于那些语言从未相交的地方:"th's""sl's""r's""l's"等等。我们想到了英语中较容易发音的押韵词,因为它们与汉语词汇的发音相同。我们希望思然自己能写一首英文诗,并正确大声地朗读出来。她所能想到的是:

In Chicago

by Siran Zhao

I so like Chicago.
Do cats like to eat fish?
Are you going to play in the snow?
I so like white Chicago.

Where do I like to go?
What do I like to do?
I so like animals.
I so like to go to the zoo.

在芝加哥

赵思然

我是那样热爱芝加哥。
猫爱吃鱼吗?
你正要去雪地里玩儿吗?
我如此热爱雪白的芝加哥。

我喜欢去哪儿?
我喜欢做什么?
我如此地喜爱动物。
我是那样地想去动物园。

Siran transliterated the English words, some into pinyin (romanized Chinese) and others into her own brand of phonetics so that the poem looked like this:

思然将英语单词音译成拼音(罗马汉语),另一些音译成她自己的语音类型,这样诗歌看起来就像这样:

Eye so lai-ke Zhi-za-ge.
Doo ka-te-ze lai-ke tu yi-te fa-shi?

Eye so lai-ke Zhi-za-ge.
Doo ka-te-ze lai-ke tuyi-te fa-shi?

Ah-r yu gou-ying tu pu-lei yin th-ah si-noh?

Once each word was a satisfying hybrid of English and Chinese, we made a video of Siran reading this poem. After six takes that ended with her in hysterics, we got a perfect reading and sent it all over the world: to Siran's aunt in a lab downtown, to her teachers upstairs at Nettelhorst, to her parents in Yunnan and mine in Michigan. I told Siran it would have a wider audience than most published poems ever see.

Later that week, Siran told me, casually, that she would return to China on January 1st. I was surprised and glad to hear she was going home for a visit.

"No," she said, "This was the visit. This time in America, in Chicago."

Her parents had always intended for Siran to have a six-month stay; we just hadn't realized it. She was going home, a little broader in her outlook, language, geography. And weighed down with presents and stories for her family and friends in China. My dozens of Mondays with Siran have often made

Ah-r yu gou-ying tu pu-lei yin th-ah si-noh?

每一个词都是一个英语和汉语令人满意的混合体,我们制作了一个思然读这首诗的视频。在她倾尽全力地拍了六次之后,我们得到了一份完美的读物,并把它传遍了全世界:送给思然在市中心实验室工作的姑妈、她在奈特霍斯特学校楼上的老师、她在云南的父母和我在密歇根州的父母。我告诉思然,这本书的读者比大多数出版的诗歌都要多。

那周晚些时候,思然不经意间告诉我,她将会在1月1日返回中国探访。听到她要回家探亲,我感到很惊讶,也很高兴。

"不,"她说,"这次是我的探访。这次在美国,在芝加哥。"

只是我们没有意识到,她的父母一直倾向于让思然待上六个月。她要回家了,视野、语言、地域都要开阔一点,并且为了她在中国的家人和朋友准备了礼物和故事。我与思然度过的几十个周一常常让我想起诗人安妮·卡森的《红色自传》。在这

me think of the poet Anne Carson's book Autobiography of Red. In it, her tiny protagonist, Geryon, a monster with red wings, comes alive by learning and making language. Like Siran, Geryon is an artist, trying to make sense of the world as he records it. And he does it by taking words apart and examining them for meaning, sound, sense. When Geryon asks his mother about the meaning of the word "each," she explains that he and his brother each have their own room. For a safe and lovely moment, Geryon is able to "clothe himself" in this "strong word," but then his grandmother moves in with them. When Geryon loses his bedroom, "each" loses its meaning and floats away. I like to think about the words Siran is taking home with her: America, Chicago, lake, zoo, snow, and how she'll translate them back into her life there.

部书中,她的小主人公吉里昂,一个长着红翅膀的怪物,通过学习和创造语言而活了下来。和思然一样,吉里昂也是一位艺术家,在记录世界的过程中,试图去了解这个世界。他把单词拆开,检验它们的含义、声音和感觉。当吉里昂问他母亲"每个人"这个词的含义时,她解释说他和他的兄弟都有自己的房间。吉里昂用"这个强壮的词汇"来"穿上衣服",就为了拥有一个安全而有爱的时刻,但随后,他的祖母也搬了进来。当吉里昂失去了他的卧室,"每个人"都失去了它的意义,飘走了。我喜欢思考思然带回家的那些词汇("美国""芝加哥""湖泊""动物园""雪")以及她将如何把它们翻译并带回她在那里的生活。

Sometimes I conjure up - with dread - an America where Siran can't go to public school - whether she's here for a six-month or sixty-year stay. A place where resources are too limited to give her time,

有时候,我会带着恐惧想到,思然在美国不能上公立学校,不管她在这里会呆 6 个月还是 60 年。一个地方的资源有限,无法给予她时间、宾戈游戏、诗歌、色彩鲜艳的纸巾,老师和

Zingo, poetry, brightly colored tissue paper, teachers and parents to help her with English and help her classmates imagine China. In some neighborhoods, America is already that place; the attack on bilingual education and push for English-only means small scholars like Siran will languish in a place where they never get to feel ownership of the words they're hearing all around them. That millions of new Americans will be adrift without teachers like the two Laura's, or ways to express and share with America their brilliance and the stories of their lives and worlds.

家长帮助她学习英语,帮助她的同学来想象一下中国。在一些社区,美国已经是那样的地方了;对双语教育的攻击和对英语的推动只意味着像思然这样的小学者将在一个他们从来没有感觉到自己对文字的所有权的地方受到煎熬。数以百万计的新美国人将漂泊在没有像劳拉那样的两位老师的环境下,也没有渠道向美国表达和分享他们的才华以及他们的生活和世界的故事。

As soon as she had gotten to know Siran, Laura April paired her with Jose, a troubled 12-year-old who was struggling with academics and English, and who, in his frustration, had begun acting out. Laura asked him to tutor Siran in English; in exchange, one day, Siran taught Jose how to write the Chinese character for "love." When we saw him in the ELL room several days later, he was bubbling over.

劳拉·阿普里尔从认识思然开始,就把她和何塞配对,一个 12 岁的小男孩,在学业和英语方面都很困难,他的挫败感开始表现得很明显。劳拉请他辅导思然英语,作为交换,有一天,思然教何塞如何写"爱"这个字的汉字。几天后,我们在房间里看到他时,他兴奋不已。

"Excuse me!" he said to me, "But you can speak Chinese, right?

"打扰一下。"他对我说道,"但是你可以说中文,对吗? 能

Will you please tell Siran I wrote a huge love character in red at home and hung it on my wall?"

I started to say this in Chinese and Siran waved me away proudly, dismissively. "I understood that," she said, and grinned at Jose.

It occurred to me while I was living in China - and struggling constantly with vocabulary and grammar—that cultures are contained in their languages - and the best possibility for bringing a sense of community to our globalizing world is to exchange words. Finding the divergences and overlaps lets us understand the origins of each other's ways of seeing (and speaking about) the world. Language is contextual and syllabic for all of us, but it's especially so for new students of any language. Words can gain and lose their meanings easily, and there's a kind of danger in grammar and meaning, one that also makes fresh-learned language particularly beautiful and expressive. Hopefully America will be able to embrace children who arrive from other places, both in our schools and languages.

请你告诉思然,我在家写了一个巨大的红色的'爱'的字符,并且把它挂在了我家的墙上吗?"

我用中文来说这句话时,思然自豪地、不屑地挥手离开了我。"我明白。"她说着,朝着何塞咧嘴一笑。

当生活在中国的时候,我突然意识到:我们之所以在语法和词汇之中不断挣扎,是因为文化就包含在他们的语言中;而在我们这个全球化的世界,最能够带给我们一种社区感的可能就是交换词汇语言。找到分歧和交叠可以让我们明白彼此观察(和谈论)这个世界的方式。语言对我们所有人来说都有音节和语境,对于任意语言背景的新学生来说尤为如此。词汇很容易获得或失去它们的意境,而且在语法和意义上都有一种风险,也会使得新学到的语言变得特别美妙和富有表现力。希望美国能够欣然拥抱来自其他地方的孩子,无论是在我们的学校还是在我们的语言中。

Sometimes, Siran goes under water - I can see her desperate to speak quickly, familiarly, effortlessly, and to be understood. And, having spent much of my own life abroad, stunned by culture shock, I have surges of profound empathy. I remember the debilitation and inspiration of spending my days in Chinese. When I first arrived in China, at 21, I could hardly speak, hear, or read, and I felt like I was forgetting who I was. In the years that followed, precisely because I lived abroad, I became a new version of myself - one who spoke some of each language, and a lot of the hybrid that grows out of knowing someone else's expressions and frameworks. Chinese are generous with time, praise and conversation. Any foreigner who speaks even a shred of Chinese is a friend, encouraged to say and hear more. The interface between my Chinese friends and me took place most often in the elastic span between our languages and I began to rely on Chinese phrases to express what I thought and observed. I also honed my English into a more

有时候,思然会失败——我能看到她不顾一切地想要快速熟悉、轻松地讲话,并且希望能够被人理解。并且,我在国外度过了自己的大部分人生,震惊于文化冲击,我产生了强烈的同情心。我还记得,在中文语境下度日时所感受到的疲惫与鼓舞。当我在 21 岁刚到中国的时候,我几乎是说不出、听不明白,也看不懂中文,我自己都忘了自己是谁。在接下来的几年里,的确是因为我生活在国外,我变成了一个新的自己——一个可以讲每种语言的人以及从了解别人的表达方式和观点中成长起来的混合体。中国人对于时间、赞扬和交谈都很慷慨。任何会说一点点汉语的外国人都可以是朋友,他们被鼓励着去多说多听。我和中国朋友之间的接合经常发生在语言之间的弹性跨度上,我开始依靠汉语短语来表达我的所想所见。我还把我的英语训练成了一个更精确、更有用的工具,去谈论一个比我想象中更加广阔的世界,然后在地球的另一边生活。

precise and useful tool, toward talking about a world that was wider than I'd imagined before zooming around it and living on the other side of the globe.

Siran at 11 is courageous, resilient. As soon as she's gone under, she quickly returns to the surface, often squeezing her eyes shut as if she's gathering her strength (what my three-year-old calls "getting your brave on"), and then tackling the improbable idioms again. Like the Japanese ninja of her graphic novel, she takes on the "th's" the "l's" the "R's."

11 岁的思然很勇敢、很坚韧。一旦沉入失败,她很快就会回到原点,经常闭上眼睛,好像她是在积蓄力量(我三岁的孩子鼓励自己"勇敢起来"),然后再一次地去处理那些荒谬的习语。就像她漫画小说中的日本忍者一样,她采用了"th""l""R"。

"Why does your name have to be 'Rachel?'" she asked me once, the tragic English "r" phoneme making it almost unpronounceable. She calls me "Laoshi" or teacher, instead.

"为什么你的名字会是'瑞秋'呢?"有一次她问我。悲剧的是,英文"r"音位让她几乎无法发音。取而代之,她叫我"Laoshi"或者是"老师"。

When she encountered a new ELL student recently, he asked her (amazingly, thrillingly, coincidentally) "What sports do you like?" and she froze in the headlights of his gaze. "What sports do you like!" I repeated, nudging her. "You know this one."

当她最近遇到一个新来的英语学习者时,他问她(惊讶地、激动地、巧合地):"你喜欢什么运动?"她在他凝视的目光下愣住了。"你喜欢什么运动?"我重复了一遍,轻推着她。"你能听懂这个。"

"What sports do you like?" She

"你喜欢什么运动?"她鹦鹉

parroted, and then, squeezing her eyes shut, she said, "I so like baseball –"

"Me too!" He interrupted.

"—and swimming." She finished, and waited for his response.

For Christmas, Siran wrote a book for my children, called "Foreign Girl in Chicago, Foreign Girls in Yuxi." Yuxi is Siran's home town, and the book charts the courses of two parallel stories: Siran's actual life in Chicago, and an imaginary trip by my two little girls to Siran's home in the south of China. In Chicago, Siran makes friends, watches TV with her aunt (hilariously, the page is covered with "ha ha ha ha ha's.") She visits the zoo and goes swimming. On their dream trip to Yuxi, for which Siran sometimes correctly uses future tense, Dalin and Light will swim in the river, hold hands with Siran, and "sightsee everything." They will learn to speak Chinese to Siran's parents and the children of the village, eat with chopsticks, and describe to everyone their lives in Chicago. On the final page, the two

学舌般说道,然后闭上眼睛说:"我太喜欢棒球了……"

"我也是!"他打断了她。

"还有游泳……"她说完了,等着他的回应。

圣诞节的时候,思然为我的孩子们写了一本书,名叫《外国女孩在芝加哥,外国女孩在玉溪》。玉溪是思然的家乡,这本书记录了两个平行故事的行程:思然在芝加哥的真实生活以及我的两个小女孩去中国南方——思然的家的一次想象之旅。在芝加哥,思然交朋友,和她的姑妈一起看电视(有趣的是,页面上最常出现的词是"哈哈哈哈"),她去动物园,去游泳。在他们梦想中的玉溪之旅中,思然有时会正确地使用将来时态,Dalin 和 Light 将在河里游泳,与思然手牵着手,"游览一切",他们将学习和思然的父母、村里的孩子说汉语,用筷子吃饭,并向每个人描述他们在芝加哥的生活。在最后一页,两个世界融合在一起,无论三个女孩在哪里,都会下雪。他们把头往后仰,一起渴望地、狼吞虎咽地吞吃了世界。

worlds merge and wherever the three girls are, it snows. They tip their heads back and devour the world hungrily, together.

Right before Siran returned to China on New Years Day, it snowed for real for the first time this season. When I asked what she thought of the snow, she said, "It's Chicago!"

She didn't explain what she meant, but I know: oddly familiar and lovely even though it's strange and cold and new. Like a language.

就在思然新年返回中国之前,在这个季节,下了真实的第一场雪。当我问及她对于雪的感受时,她说道:"这是芝加哥!"

她没有解释她的意思,但我明白:"怪诞的熟悉与优美,尽管它是奇怪的、冷冰的、全新的。就像是一种语言一样。"

作者简介:Rachel DeWoskin(杜瑞秋),Rachel DeWoskin is the author of Two Menus: *Poems* (The University of Chicago Press, 2020), *Banshee* (Dottir Press, 2019), *Someday We Will Fly* (Penguin, 2019), *Blind* (Penguin, 2014), *Big Girl Small* (FSG, 2011), *Repeat After Me* (The Overlook Press, 2009), *Foreign Babes in Beijing* (WW Norton, 2005). She is an Associate Professor of Practice in the Arts at the University of Chicago, and an affiliated faculty member of the Centers for East Asian Studies and Jewish Studies.

译者简介:王炜宁(Weining Wang),美国 Beloit College 三年级学生,其中文散文、纪实文学见刊于《北京文学》《北京纪事》,翻译文学作品曾获香港中文大学文学院"全球华文青年文学奖",英文京味儿小说 *The Old Snack Shop*(小吃店)(与教授 Daniel M.Youd 合作)获美国 Mary F.Hodge Writing Prize 和 Lois Wilson Mackey'45 Endowed prize for Creative Writing 荣誉提名，现已被美国西阿拉巴马大学 *The Sucarnochee Review* 收录出版。绘画、雕塑艺术作品、翻译诗歌、原创诗歌被美国阿肯色大学小石城分校现代艺术与文学集锦 *Equinox*、康涅狄格大学 *The Long River Review* 收录发表。本篇非虚构作品已获得原作者授权翻译并受到 *Beloit College* 现代语言文学系教授 Daniel M.Youd 审校。

评 论
Review

从喧嚣到平静：《废都》经典化过程

文——张小林

一、喧闹的大众传媒

一部文学作品能否成为经典，除了自身的独创性、深刻性和超越性之外，还要能够为不同时代的人们所接受，在接受的过程中逐渐达成共识，并世世代代地流传下去。文学作品经典化的过程，实际上也是一个接受的过程。文学作品的接受与一定的传播机制密切相关，快而广的传播不仅能够使文本的意义得以生成，而且还可以使其"声誉"迅速提升。读者对《废都》的接受一开始就在社会公共领域中进行，电视节目、期刊、学院派批评和出版界一起发酵衍变，对《废都》的接受无疑有着重大的影响。在《废都》

接受过程中,其与大众媒体的粘黏与剥离构成了《废都》接受主要的传播渠道。

《废都》还在写作中,就被友人孙见喜泄了密,引起社会各界关注。《废都》文本还处于"生产"时,新闻媒体便将其炒热,在这样的传媒氛围里读者充满期待。孙见喜曾说,在写作期间"20 多天里,他收到了 500 多封信函"[①],相当于平均每天就有至少 25 封来信。有关《废都》的报道最早在 1993 年 2 月。在《废都》正式面世之前,陕西《出版纵横》编辑部就对外征文,编写了《贾平凹与〈废都〉》一书。可以说,在《废都》未出版前,《废都》就已经引发了广大读者的关注。对《废都》的最早媒体报道见于当时与大众生活最为贴近的报纸杂志。1993 年,《十月》第 4 期以整本杂志的最高规格刊载《废都》。1993 年 6 月 17 日,《文学报》报道:"贾平凹的长篇小说《废都》将由《十月》刊出,该刊编辑部声称:《废都》——一部奇书。"[②]《废都》由北京出版社 1993 年 6 月出版,1993 年 7 月第一次印刷。《星期天》报道《废都》"稿酬百万元",百万元稿酬迅速被三十几家国内外报纸炒红。[③] 对此,经朋友劝告,对于社会流言一直保持沉默的贾平凹于 1993 年 7 月 17 日在《陕西日报》上发表了《关于〈废都〉的一些话》[④]以回应此事。《中国青年报》在征得《十月》编辑部和贾平凹的同意后,于 1993 年 7 月 9 日起在第 2 版连载《废都》的部分章节,并对选载内容作了处理与删节,一直连载至 1993 年 8 月 12 日,但并未将所有内容刊载完,最后将未刊载内容的故事梗概对读者做了详细的介绍。1993 年 7 月 18 日,《文汇报》报道,《贾平凹险成百万富翁》披露了百万元稿酬的错误及其社会影响。《废都》以"未见其人先闻其声"出场,先声夺人。1993 年 8 月 1 日,《羊城晚报》刊载了《沸沸扬扬炒〈废都〉》《〈废都〉到底写的是什么?》。1993 年 8 月 12 日,《文学报》的头版刊登了中国新闻社通讯稿《〈废都〉的性描写引起争议》。[⑤] 1993 年 8 月 19 日,《陕西政协报》用整版的篇幅刊载陕西八大专家评价《废都》的主要观

---

① 孙见喜:《身裹羊皮袄 屋点蜡烛灯》,肖夏林编:《〈废都〉废谁》,学苑出版社 1993 年版,第 103 页。

② 王玉兰:《〈废都〉——一部奇书》,《文学报》1993 年 6 月 17 日。

③ 参见魏华莹:《〈废都〉的寓言——"双城"故事与文学考证》,中国社会科学出版社 2016 年版,第 5 页。

④ 参见贾平凹:《关于〈废都〉的一些话》,《陕西日报》1993 年 7 月 17 日。

⑤ 参见《〈废都〉的性描写引起争议》(通讯稿),《文学报》1993 年 8 月 12 日。

点。同年,中国新闻社出版的《视点》杂志第10期集中刊登北京文化界人士对《废都》的批评。同一时期,《陕西时报》《文艺报》《中国妇女报》《南方周末》《中国工商时报》《消费时报》等报纸都刊登了与《废都》相关的消息和评论文章。

在纸质媒体对《废都》进行迅速传播的同时,中央、陕西的广播电视台等媒体也邀请贾平凹及专家学者进行讨论。1993年8月5日,陕西文艺广播电台邀请肖云儒和贾平凹就《废都》的形式和人物形象进行谈话。1993年8月8日,陕西电视台《新闻纵横》新闻部邀请了评论家董子竹、畅广元、费秉勋、王仲生及贾平凹就《废都》的题旨和艺术特点进行了座谈。1993年8月11日,陕西省作家协会和陕西经济广播电台也联合举办了《废都》座谈会。同时,陕西电视台和西安电视台在节目中对贾平凹在西安钟楼下的签书活动进行报道,中央电视台也在"文化生活"等栏目中多次播放贾平凹在北京王府井进行签名售书的活动。《废都》借助报纸期刊、电视、广播等众多媒体,走向千家万户。有读者回忆,1993年8月中旬,在京津沪文化圈里,在读者的日常生活场域中,已经到了逢人说《废都》的地步。[1] 众多的传播渠道扩大了《废都》的接受范围。至此,《废都》在社会各界掀起轩然大波。

读者对作品的接受不仅与作品本身的特性有关,而且还在一定程度上与读者身处的社会环境、观点和意识有很大的关系。[2] 在《废都》诞生前,社会环境已经为其接受营造了良好的氛围。1991年,三毛在其遗言里称,贾平凹是大师级的作家,多次反复阅读贾平凹的作品,像《天狗》《浮躁》这样的作品至少在二十篇以上,并声称没有功力的人不能看懂。[3] 贾平凹在三毛逝世后写了散文《哭三毛》《再哭三毛》来悼念三毛。肖珂写了《贾平凹与三毛的柏拉图之恋》[4]引起读者关注,为贾平凹《废都》的面世起到了预热作用。1992年贾平凹被媒体传出婚变,后被杭州、武汉、广州、重庆、上海十几家报纸纷纷转发。1993年在《废都》面世前后的采访中,贾平凹表示《废都》"是我第一部关于城市的小说""一段生命""止心慌的书""安妥灵魂的书",

---

① 参见孙见喜:《危崖上的贾平凹》,花城出版社2008年版,第212页。

② 参见姚斯、霍拉勃:《接受美学与接受理论》,辽宁人民出版社1987年版,第32页。

③ 参见三毛:《遗言贾平凹》,肖夏林编:《〈废都〉废谁》,学苑出版社1993年版,第7~9页。

④ 参见三毛:《遗言贾平凹》,肖夏林编:《〈废都〉废谁》,学苑出版社1993年版,第6~7页。

申明这是一部酝酿多年的书,这些用词极具隐私性,对读者产生极大吸引力。同年,由人民文学出版社、北京出版社、作家出版社、中国文联出版公司和中国工人出版社相继推出四部长篇小说和一部长篇报告文学[①],震惊了文坛,被文学界和新闻界称为“陕军东征”。这几部作品都非常畅销,“《最后一个匈奴》在出版的同月连印 3 次,达 12 万余册;《热爱命运》两个月内印刷 4 次,印数 29 万余册;《白鹿原》在 3 个月内印了 3 次,达 21 万册,还出现盗版印行”[②]。《废都》嵌入“陕军东征”这一传播网络之中。《废都》被称为中国“当代《金瓶梅》”“当代《红楼梦》”,比作西方的《查泰莱夫人的情人》,出版商用与“名著”齐名的手段吸引读者的眼球和关注;加上贾平凹在这之前早已用美文俘获了读者的“芳心”,并已获得过两项国际文学奖(美孚飞马文学奖、美国无比柏伽索斯奖),“贾平凹”三个字已经成为读者日常消费的文化符号。

社会舆论、新闻媒介造出来的阅读期待,夹杂着更多的社会因素。《废都》出版后不久,又被曝出《废都》引发少年强奸案、女诗人告《废都》抄袭、流言此书要禁的消息。在众多“负面”事件的推动下,《废都》的名声传遍大江南北。在公众视野中,《废都》的文学价值为社会舆论所淹没,这一时期,媒体、出版商、书商合力制造的商业价值远远超越文学价值。在《废都》出版后,褒贬不一,形成了高校评《废都》、街头巷尾谈论《废都》、全国各个地方召开学术座谈会讨论《废都》的热闹景象。[③] 媒体、书商、社会舆论、流言,再加上作家出版社、天津百花出版社、上海文艺出版社、山西人民出版社等十几家出版社的抢稿风潮,这些因素搅拌在一起,为《废都》的传播与接受营造了有利的氛围,一时形成了蔚为壮观的“东方奇观”。

1994 年 1 月,新闻出版总署以“夹杂色情、格调低下”禁止图书发行和交易。在这之后,原新闻出版总署以“反面教材”告诫全国各个出版社[④],同时禁止翻拍影视作品。此时,社会舆论一边倒,如湖北省政协教科文卫体

---

① 参见陈忠实《白鹿原》、贾平凹《废都》、高建群《最后一个匈奴》、京夫《八里情仇》、程海《热爱命运》。

② 张志忠:《1993:世纪末的喧哗》,山东教育出版社 2002 年版,第 100 页。

③ 1993 年 8 月在烟台师范学院中文系作评《废都》的书评报告;1993 年 11 月 22 日,山东省当代文学学术讨论会上讨论《废都》;1993 年 9 月 1 日,江苏当代文学研究会上讨论《废都》等。

④ 在第四次全国高校出版社工作会议上,新闻出版总署图书管理司司长杨牧之批评《废都》:“夹杂淫秽色情内容,严重损害青少年身心健康。”

委员会召开座谈会，会上批评其是打着严肃文学的黄色出版物，湖北省作家协会主席鄢国培在会上建议："对严肃文学，要舍得投入，否则，比《废都》还废的东西都会出来！"[①]《废都》被禁，正常渠道被"阻塞"，盗版书乘虚而入，一时间充斥大街小巷，价格甚至比正版图书还要贵。禁忌与好奇呈一个正比的关系，被禁的程度越高，读者的好奇心也就越大，《废都》的盗版也就越多。《废都》国内被禁，却在国外走红，先后被翻译成日文、法文、俄文、越文等多种文字，据当时的报道，《废都》在日本的销售量是中国现当代作家在日本仅次于鲁迅作品的。1996 年 2 月，日本中央公论社出版日文版《废都》，出版后便在日本成为读者议论的话题，销量非常惊人[②]。

1997 年 11 月，《废都》获得法国三大文学奖之一的"费米那文学奖"[③]，贾平凹成为亚洲获得此奖的第一人。在法国很受读者追捧，1997 年，法国司托克出版社法文版《废都》出版发行。1999 年，由同一出版社推出法文版口袋书。2002 年，《废都》助力贾平凹获法兰西共和国文学艺术荣誉奖。

此后，媒体经常曝出《废都》即将解禁面世的消息，一直牵动着读者的阅读神经。2003 年年底，媒体曝出"《废都》获准再版"这一消息传出，将于 2004 年初出版，登出贾平凹为其写的序言[④]，让读者感觉十分可信，如《华商报》发表《〈废都〉被禁 17 年再出版"性描写"删节照旧》[⑤]，《废都》再一次进入公众视野，后被证实纯属媒体炒作。[⑥]

除大众传媒外，一些文学专业期刊也开辟专栏进行讨论。如《文艺争鸣》1993 年第 5 期，《当代作家评论》1993 年第 6 期，2006 年第 3、4、5 期都集中推出一批批评文章，这些评论对《废都》的传播起到了大众传媒难以替代的作用，但是批评界也是众说纷纭、毁誉参半，并引起激烈的争论。

---

① 李德复整理：《对当前文学走向及图书出版等问题的意见和建议》，《世纪行》1994 年第 5 期。

② 《废都》刚出版时在日本售价约合人民币 350 元，销量在 6 万～8 万册。

③ 入选此奖，图书销售必须超过 8 万册。

④ 2003 年，也是文坛不平静的一年，有文称 2003 年是文坛制造事件的一年，如《制造事件的 2003 年文坛》；2003 年 12 月 29 日，《北京晨报》曝出新版《废都》即将面世。

⑤ 参见狄蕊红：《〈废都〉被禁 17 年再出版"性描写"删节照旧》，《华商报》2009 年 7 月 28 日。

⑥ 2004 年 1 月 17 日，《瞭望新周刊》刊载《〈废都〉解禁：一场烟花》，证实《废都》即将再版的消息纯属炒作。

二、批评界的争论

在作家—作品—读者的交流中，文学批评作为中介沟通了作品与读者、作家与读者之间的联系。批评家以其特殊的艺术感受力和理论概括力来发掘作品的价值和意义，引导读者去领略作品的真谛。20 多年来，文学批评家和文学史家对《废都》的充分研讨，对其价值和意义的阐发，为《废都》的经典化建构做出了很大的贡献。《废都》出版后立刻引起评论界的关注。批评家们对《废都》的颓废气息、道德沦丧、价值观崩溃、文化意蕴、性描写、商业化、灵魂救赎、古典文学传统、神秘文化、文学史上的地位等方面进行了阐释和批评。围绕着《废都》社会各阶层和各领域的读者众说纷纭，形成了多个话语场域，一批话题逐渐汇拢和聚合，相互冲突，各持己见，形成巨大的争论场。普通读者和批评家关注的焦点基本一致。这些问题争论至今，焦点主要集中在以下几个方面：

第一，《废都》最大的争论点是文本中大量近似“性展览”的描写以及在关键处使用“□□□”和“作者删去多少字”，引发了众声喧哗。争论的焦点在于“性”是迎合市场的纯粹色情展览，还是一个有着深层指向的转喻或者象征？性描写是否必要？《废都》初稿刚脱笔时，贾平凹和身边较为亲近的好友，如白烨、孙见喜、李连成等第一批读者，便对性描写有着深深的隐忧。责任编辑田珍颖在审读报告中对性是否能被读者理解和接受也有着同样的担心。田珍颖在后来的采访中也道出了是在冒着风险、顶着压力下坚持出版的。如人所料，《废都》的出版引来了铺天盖地的骂声，只有少数肯定性的文章。“方框”和“删字”出现两极分化的认识，肯定者说这是贾平凹对文学手法的一种创新；贬之者说性描写层次低下，是迎合市场，故弄玄虚，诱发读者的性幻想，引人犯罪。也有少数读者表示“删字”不影响阅读，“删后的小说读起来也挺通顺的”[①]，过多的性描写没有必要。而雷达、白烨则认为性描写有助于形象塑造。陈长生在《〈废都〉现象透视》中指出贾平凹的性描写类似三级片，是对丑的展示，并举例说明《废都》给社会带来的负面效

① 小番：《30 年阅读流行史》，《温州人》2008 年第 8 期。

应。[①] 陈辽对《废都》的性描写显得义愤填膺，指责扫黄机构不作为。[②] 谢有顺斥责贾平凹将性视为转嫁精神危机的手段，将爱情最后的温情撕破，《废都》是当代性文化的总结。[③] 黄力之认为性是一个隐喻，是文化人精神破灭后的自慰式神话。[④] 乔世华指出这是作家叙事资源匮乏的表征。[⑤]

女性读者面对文本中塑造的女性形象呈现出分化的态度。不少女性读者认为贾平凹在作品中张扬男权文化和性别政治，“淑女们为性描写的猥亵下流而愤怒，女性主义者为大老爷们小贱胎的陈腐观念而震惊”[⑥]。一些女性对其中的性描写颇有微词：“高层次的女人见到他绝对没有性幻想。”[⑦]张抗抗对作品表示很不满，认为《废都》是作家的白日梦，是性压抑的心理补偿，直言女性在作者的笔下是“生殖器”般的器物存在，是工具和泄欲的对象。[⑧] 同样是女性，《十月》副主编田珍颖认为《废都》塑造的女性形象光彩四射、令人难忘，作者对其“用笔多褒扬”，没有世俗的眼光。

第二，《废都》也引发了有关作家职责的讨论。开始是围绕着作为作家的贾平凹是直面现实的勇士还是精神逃离的“叛徒”，最后上升到文学功能的讨论。我国有着“文以载道”的传统，在当代的社会文化语境中，作家天生就有着神圣的责任和使命。贾平凹因写作中采用平铺直叙的手法，通过琐碎的日常生活来展开，有着私人化和欲望化的倾向，饱受读者的非议。“读《废都》使我强烈地感受到贾平凹对社会良知的遗忘和背叛”[⑨]，栾保俊指出贾平凹毫无作家的责任感可言，“目不忍睹”，是腐蚀读者的肮脏之作。[⑩] 尹昌龙在《媚俗而且自娱》中认为作家在商品经济的浪潮中已经沦为“优人”或“伶人”，中国作家“脆弱”“柔顺”“轻浮”“庸俗”的一面浮现出来，

① 参见陈长生：《〈废都〉现象透视——兼谈经济发展大潮中的文艺发展趋势》，《南都学刊》1994 年第 2 期。

② 参见陈辽：《〈废都〉与废都现象》，《学海》1994 年第 1 期。

③ 参见谢有顺：《重写爱情的时代》，《文学评论》1995 年第 3 期。

④ 参见黄力之：《热潮过后说〈废都〉》，《理论与创作》1994 年第 4 期。

⑤ 参见乔世华：《如何保持文学的“纯”》，《文艺报》2001 年 7 月 24 日。

⑥ 扎西多：《正襟危坐说废都》，《读书》1993 年第 12 期。

⑦ 艾云：《〈废都〉性爱十人谈》，《文苑艺林》1994 年第 6 期。

⑧ 参见刘红林：《“人”的失落——〈废都〉妇女观简论》，陈辽主编：《〈废都〉与〈废都〉热》，中国矿业大学出版社 1993 年版，第 154 页。

⑨ 夏林采访：《贾平凹“废”了自己》，王玲主编：《失足的贾平凹》，华夏出版社 1994 年版，第 72 页。

⑩ 参见栾保俊：《不值得评价的评价》，《自由论坛》1994 年第 2 期。

对中国当代文学表现出某种反思与深深的焦虑。[①] 曾镇南的态度则相反，在《〈废都〉短评》中，认为作品“直面现实，不讳时弊”，是对当前都市生活中社会现象和一个当代文化人的人生、精神悲剧的深刻描写。[②] 朱之庆认为《废都》是新的《儒林外传》，表现了当代文人的真实地位——“尴尬无奈”“微不足道”，是一种直面人生的精神。[③] 李红军认为《废都》要表达的是社会的世态炎凉以及贾平凹对现实的焦虑、失望。[④]

第三，关于主人公庄之蝶的争论。庄之蝶这个人虽然如李敬泽在解禁后由作家出版社出版的《废都》“序言”中所说“他依然活着”，但从他降世以来，他的人格心理和身份就饱受诟病，成为读者和评论家争论的焦点。庄之蝶是自恋还是自卑？是“旧式文人”还是“知识分子”？是文化困境中的绝望挣扎，还是自我纵欲的道德堕落？在一些读者看来，庄之蝶的行为已经到了“令人发指”的程度，庄之蝶不管是“知识分子”或者“旧式文人”，都放弃了精英意识立场，站在了我们对其文化身份的认知和预设的对立面，与“灵魂的工程师”的称谓完全不符。读者对庄之蝶产生厌恶和诟病的原因之一就是庄之蝶身上有着严重的自恋情结：一是故事中的所有男性都簇拥着“我”，二是故事中所有的青年女性都身不由己地爱上“我”。庄之蝶在名人的光环下，勾引女性、两面三刀，被人骂道：“满口仁义道德，一肚子男盗女娼。”[⑤]王娇萍则对庄之蝶抱以同情的心理，认为庄之蝶是一个“超越者”，“我们不能以一般的政治、伦理道德的标准对他进行美善或丑恶的评价，而应提升到悲剧审美的层面上来”。[⑥]

第四，《废都》是严肃文学还是通俗文学？或者也可以说，作者是面向诗意的纯文学写作还是面向市场的利益化写作？是否为纯文学在市场经济中的转型起了示范作用？贾平凹以往的作品都是以纯文学或者严肃文学著称的，《废都》的面世似乎打破了人们的认知模式，让读者产生了很大

---

① 参见尹昌龙：《媚俗而且自娱——谈〈废都〉》，肖夏林编：《〈废都〉废谁》，学苑出版社 1993 年版，第 240～244 页。

② 参见曾镇南：《〈废都〉短评》，肖夏林编：《〈废都〉废谁》，学苑出版社 1993 年版，第 159～161 页。

③ 参见艾云：《〈废都〉性爱十人谈》，《文苑艺林》1994 年第 6 期。

④ 参见李红军：《走出伊甸园》，《文艺评论》1998 年第 6 期。

⑤ 刘春：《“废都”与文人心态——兼谈文化“热点”的畸形现象》，《现代传播》1993 年第 5 期。

⑥ 王娇萍：《拨开“性”的迷雾》，《浙江师大学报》(社会科学版)1994 年第 5 期。

的疑问。一些女性读者本来就对贾平凹的作品有着“俗不可耐”的固定印象[①],在《废都》的争论中,这一女性群体更加坚定了自己的看法。20 世纪 90 年代初,随着市场经济秩序在中国的初步确立,一些写作者利用自己在 20 世纪 80 年代积累的“文化资本”纷纷下海。在这样浮躁的写作氛围中,贾平凹面对采访反复宣称“除了写作再不会别的”,但《废都》庞大的销售数量和传闻的“百万”经济效益,无形之中透露着写作与市场的暧昧关系。批评家指出这是贾平凹的“自娱”与“媚俗”行为。尹昌龙把《废都》与《查泰莱夫人的情人》中的性描写进行比较,指责《废都》中的性描写是赤裸裸的,缺少生命意识,是床笫之乐的实录,达到色情程度。商潮瓦解了文学的权威性,贾平凹借着《废都》的轰动效应实现了名利双收。[②] 王必胜将《废都》归为“具有通俗意义的市井小说”[③]。此外,出现了讥讽《废都》及贾平凹的打油诗[④];彭荆风将贾平凹归为新的鸳鸯蝴蝶派。而边江则对《废都》的主题持肯定态度,认为《废都》是“历史之书,时代之书”,要从宏观上去把握,其表达的是“通过把握诉讼案这条脉络,围绕庄之蝶与一堆女人的关系一步步触及社会刻意描绘腐败现象与道德观念的搏斗厮杀,进而集中展示当今社会改革开放大潮中涌起的随处蔓延的大量渣滓——种种惊人的腐败现象以及国人道德的沉沦”[⑤]。

对一部作品的讨论有如此多话题,并持续时间之长达二十余年,在当代文学史上实属罕见。

2006 年 5 月,由《当代作家评论》、苏州大学文学院、春风文艺出版社和上海九久读书人文化实业有限公司主办的“贾平凹作品学术研讨会”在江苏常熟召开,丁帆、陈思和、陈晓明、南帆、吴义勤、孙郁、栾梅健、张新颖、王光东、范小青、叶兆言、苏童等评论家、作家参加会议,会议发言摘要在《当代作家评论》杂志上发表——《作家,是属于时代的》,会上高度评价贾平凹

---

① 参见刘斌:《平凹真的俗起来了?——有关〈废都〉的日记》,《情报文苑》1993 年 10 月 28 日。

② 参见尹昌龙:《媚俗而且自娱——谈〈废都〉》,肖夏林编:《〈废都〉废谁》,学苑出版社 1993 年版,第 240～244 页。

③ 王必胜:《1993:长篇丰年的喜忧》,《长篇小说探讨》1994 年第 1 期。

④ 1993 年 10 月 13 日,翻译家杨宪益在《人民政协报》上发表打油诗:“忽见书摊炒《废都》,贾生才调古今无。人心不足蛇吞象,财欲难填鬼画符。猛发新闻壮声势,自删辞句弄玄虚。何如文字全除净,改绘春宫秘戏图。”

⑤ 边江:《〈废都〉的主题是严肃的》,《晋东南师专学报》1994 年第 2 期。

及其作品,其中包括《废都》。

一部有独特个性的作品,总会受到文学史家的青睐,《废都》也不例外。季羡林曾预言:二十年后《废都》会大放光芒。[①] 在《废都》解禁之后,当代文学史对《废都》的书写篇幅明显增加,对其文学价值的发掘增多,并几乎都对其持肯定的态度,其在文学史上的地位不言而喻。金汉主编的《中国当代文学发展史》(上海文艺出版社 2002 年版)、程光炜的《当代文学 60 年通说》(《当代作家评论》2009 年第 10 期)都将《废都》纳入文学史的考察范围。洪子诚的《中国当代文学史》(北京大学出版社 2007 年版),用约 400 字的篇幅对《废都》中的艺术追求、内容、艺术风格、主题、批评家的褒贬之辞做了介绍。杨匡汉主编的《共和国文学 60 年》(人民出版社 2009 年版),在《文学的门类(上)》一章的《青春的吊诡》中高度评价《废都》:“迄今为止,还没有哪一部长篇小说像《废都》这样,把‘青春’破产的悲凉、凄惨,演绎得如此令人心悸。”孟繁华、程光炜的《中国当代文学发展史》(中国人民大学出版社 2009 年版)中对《废都》的刊载、发行量、畅销原因及其引发的文化现象作了详述。严家炎主编的《二十世纪中国文学史》(下册,高等教育出版社 2010 年版),在《改革小说下的农村题材》部分,正文主要介绍了贾平凹的“商州系列”小说,最后引入的“作家小传”中对《废都》进行了简单的介绍。刘勇主编的《中国现当代文学》(中国人民大学出版社 2015 年版),将《废都》纳入当代文学史,对其文学史地位进行充分的肯定,对《废都》的经典化起到了明显的促进作用。

三、出版与流通

出版界出版的有关《废都》的文集客观上起到了提高贾平凹的知名度、传播《废都》的作用。20 世纪 90 年代以来,出版社的经营模式发生了大转变,由单纯的生产型转变为生产经营型。这对编辑也提出了新要求,编辑不仅要加工文稿,而且还要负责选题的策划和市场营销。据了解,大多数出版社实行由责任编辑负责的编、印、发一条龙的内部承包制。面对选题、策划和营销的巨大压力,《废都》的巨大争议引来编辑们的关注,《废都》巨

① 参见林建法、李桂玲:《〈当代作家评论〉视域中的贾平凹》,《当代作家评论》2013 年第 3 期。

大的阐释空间和营销热点使赢得编辑的“青睐”成为可能。

每位编辑都会带着自己的职业视界去审视文学传统，根据时代的审美潮流，按照自身的个性、风格、特长和刊物的定位，去选择题材，同时加以革新和创造。《废都》问世后，一时间与其相关的各种杂志期刊、集子纷纷结集出版，截至1994年9月，关于《废都》的文集就有13本，包括《多色贾平凹》《贾平凹与〈废都〉》《〈废都〉废谁》《〈废都〉之谜》《奇才・鬼才・怪才贾平凹》《废都啊废都》《废都之谜》《废都滋味》《沸沸扬扬话〈废都〉》《〈废都〉及〈废都〉热》《贾平凹怎么啦——被删的6986字背后》《失足的贾平凹》《贾平凹谜中谜》等。1998年费秉勋主编的《〈废都〉大评》辗转到香港天地图书公司出版，书中对《废都》多持理解和同情。如果按照阿诺德・豪泽尔的批评分类，这些集子多属于“日常批评”，更容易走近读者的日常生活，给读者更深的印象，对读者的影响也更大。除《〈废都〉废谁》《〈废都〉及〈废都〉热》《失足的贾平凹》等具有学理性外，其他基本上是短时间内拼凑而成的，质量参差不齐。有的集子关于《废都》本身的篇幅偏少，都是一些关于贾平凹个人和《废都》的“八卦”。20世纪90年代中后期，媒体与消费文化联姻，主宰了文学的传播和定位，作家的私人生活照成为广告名片，出现在作品的封面上，贾平凹也难逃被视觉化的命运。关于《废都》的文集都或多或少地“展览”了贾平凹的生活照片，有贾平凹一家三口的照片、贾平凹看书写作的照片、贾平凹签售《废都》的照片、贾平凹与《废都》责编田珍颖合影的照片等，满足了读者对贾平凹日常生活的“窥探”心理。在浏览这些照片的过程中，读者对贾平凹这位名人作家形象想象的求证过程也得以完成。就书中的内容来看，书中的文章多冠以“内幕”“之谜”这类极具诱惑的字眼。从书籍质量上来看，这些出版物短期突击、一哄而起、断章取义、文本粗糙，批评热情过剩，资料占有也不充分，大都采取道德指责的态度，文学批评一度被媒体和商业话语操作，多属于缺乏理论支撑的“越轨”的泛化批评，但也形成了“街头巷尾说《废都》”的现象。

在被禁期间，《废都》盗版“横飞”，“据书商估计，《废都》盗版本印数已逾千万册以上，品种难以统计，仅平凹就收藏有50多种，有大32开的、小

32 开的,甚至有精装本"[①]。除了盗版书外,借"废都"名义或者"贾平凹"之名鱼目混珠、以假乱真、牟取利益的更是数不胜数。借《废都》之名推销自己,最具代表性的是一本署名"老贾"叫《帝京》的小说,其文字风格、表现手法都"抄袭"《废都》,是一部模仿之作,书的封面是一个托腮的女子,书中还附有贾平凹、陈忠实的照片。盗用"贾平凹"之名的现象也时有发生,如1994 年 3 月由中国戏剧出版社出版的长篇小说《霓裳》(由北京南华印刷厂印刷),封面上是两个搂抱在一起的男女,对读者有很强的挑逗性。此外借《废都》宣传策略推销自己的还有《骚土》,其封面上写着"承金瓶之莲露,渍红楼之顽玉"。盗版、冒名之作印数高达千万册以上,种种侵权行为引发社会广泛关注。当时的文学刊物和出版社普遍认为,《废都》为文学走入市场提供了"《废都》模式",继《废都》之后,各大出版社相继推出许多类似的长篇小说。如 1995 年,华夏出版社对贾平凹《白夜》的出版抱极大希望,却受到了文坛和读者的"冷遇",远不及《废都》火热的程度,成为当年文坛十大热点之一。而事实上,《白夜》的销量虽然比不上《废都》,但在同类小说中,算是非常畅销的,华夏出版社开印 40 万册,短短两天被批销一空,在图书批发市场属于走俏发红的书。

此外,《废都》在一定程度上张扬了"欲望写作",影响了文学写作的走向,开启了一种新的文学写作范式,引发了写作中性描写的尺度讨论[②],开启了世纪末中国文学"肉身潮"的大幕。《媾疫》《荒诞斯人》《春梦》《圈女》《妻命》《妾艳》《三代寡妇》《我的情人们》等作品就是这一潮流中涌现出的作品。[③] 2012 年 6 月,姜楚推出《又见废都》,贾平凹和严歌苓联袂推荐,夸赞其是一部当今时代知识女性的情感报告与心理案例。详读这部作品,可以发现书中同样是一幅展现社会转型时期,人们存在焦虑、心理误区等精神疾病以及人性淳朴的一面被金钱利益等欲望所淹没的"清明上河图"。

尽管过多的性描写,致使《废都》在 20 世纪 90 年代不能以电影等其他

---

① 王新民:《真话真说》,光明日报出版社 2003 年版,第 246 页。

② 桑逢康在《理论与创作》1997 年第 3 期《性爱描写的尺度》就提出了:"作品中能否有性爱描写?如果允许,那么性爱描写在文学创作中究竟占有什么地位?有什么价值?描写它又应当遵循什么原则?掌握什么分寸、尺度?"蔡之国在《江西社会科学》2001 年第 7 期《论文学中性描写的审美标准》中对严肃文学写性提出了三条标准:"性描写是否表现出深广的社会内容""性描写是否为表现主题服务""性描写是否进行了艺术升华"。

③ 参见刘文辉:《20 世纪 90 年代文学叙事的审美范式转换》,《中南民族大学学报》2013 年第 2 期。

艺术形式直接呈现，但小说中人物形象和身份背离所形成的巨大张力，构成了漫画改编的极好素材，在出版界生发了文本图片化展览的艺术形式。当时，一些杂志编辑对《废都》的情节进行了一种自我创造与想象，一些小说图像与漫画便出现在某些杂志与评论集中。这种即视感的形象化呈现方式使当时文化层次不高的读者也能对《废都》进行图像化的阅读。这些杂志和书籍中的图像，在《废都》引发的狂欢化浪潮中，演变成为“公共图像”，成为一代读者的集体记忆。图像具有独特的文化印记，一连串的图像拼贴在一起，其感情色彩，自然有其背后的内涵所指和现实针对性。

1993 年，贵州人民出版社出版了《废都之谜》。编者对《废都》的故事情节作了漫画式的图解，并将这些漫画分别穿插在封面和书中，共 10 张图，分别为：“骑‘木兰’的庄之蝶”“‘人精’唐宛儿”“风流保姆柳月”“汪希眠老婆”“牛月清烹鸽”“庄之蝶夫妇”“尼姑偷情”“唱谣辞的老头”“钟主编与周敏”“生死四兄弟”。饶有意味的是，编者在书中又将“汪希眠的老婆”一图放大，以 1 页的篇幅放置书中（在书中第 51 页），图中汪希眠的老婆“袒胸露乳”，明显是编者有意散发出的“黄”味。这些漫画的题目都是极具诱惑之词，配上小说中的原文，带有普及大众的商业性质。即使没有时间阅读小说的读者，在看了这些图片后，也能快速在头脑中拼凑出自己的“《废都》故事”，显然是一种扩大传播、提高销量的策略。

《〈废都〉滋味》（河南人民出版社 1993 年版）翻开的第一页就是“性爱可以玩弄吗？苦难是不能亵渎的”，书中穿插了 6 幅漫画，分别配的是“我这里的爱情之花由读者随便挑”“我所有的描写就是要告诉你们一个事实，这头牛是母的”“现在没有比脱裤子更容易出名的了”“别总说我的书写得暴露，其实我在尽可能地维护自己的贞节”“每一个娼妓身后准有一个会写字的作家在写故事”“在这个世界上，只要还有一个女人就会有文章”，对《废都》及贾平凹极尽调侃与讽刺，用图解化的方式表明了对《废都》的批判立场。这些杂志编辑和评论者对《废都》的这种“漫”骂，变相成为《废都》及其系列的广告。

文化生产传播手段，其目的并不是在于用图像去呈现和构建文本的艺术和文化价值，相反，“图像”是进入读者视野和图书市场最便捷的手段和捷径。编者出于一种图书“生存策略”的考虑，用图像化的包装对图书市场进行占有;另一方面,通过直接丑化主要人物(像庄之蝶)、漫画式的反讽等,勾起读者对文本的阅读想象,引发读者强烈的购买冲动。虽然人物形象没有像文字叙述一样展现其复杂性,但"横截面"的性格筛取,方便了读者对《废都》信息的瞬间获取。可以说,这样的视觉化方式对《废都》进一步传播和普及大众起到了推动作用。

一部文学作品受众的多寡,与作品的发行量有着莫大的关系。流通与销量是反映大众阅读情况的重要指标。《废都》问世,读者便掀起了抢购热潮。在媒介的助力下,销量节节攀升。在《废都》出厂前,外地拉书的卡车在一周前就排起了长队。王府井首发式,头一小时卖出 400 册,王府井新华书店经理表示书店每年都会搞很多场作家签名售书活动,但《废都》的社会效应和轰动是最大的,不服贾平凹不行。[①]《废都》在上海新华书店供不应求,一些小书店 3 天卖出 100 本,有的读者一下买三四本。[②] 在珠海,2000 册一周售罄。[③] 在西安,8 万册《废都》一周售罄[④],平均每天卖 11428 册。北京许多小书摊上已脱销。[⑤]《十月》杂志成为"吃香"的杂志,甚至卖到了十四五块,也是供不应求。[⑥] 孙见喜在《危崖上的贾平凹》中也写到了《废都》的畅销状况,如陕西师大书亭的摊主表示:"一天售出180 部。"[⑦]

与此同时,《废都》的发行量也众说纷纭,在北京出版社初版发行量上,就连责任编辑田珍颖也表示不知道具体印数,编辑部最终也不知道总印

---

① 参见孙见喜:《危崖上的贾平凹》,花城出版社 2008 年版,第 201 页。

② 参见李刚:《〈废都〉在上海》,肖夏林编:《〈废都〉废谁》,学苑出版社 1993 年版,第 111 页。

③ 参见秦立德:《〈废都〉畅销珠海创纪录》,肖夏林编:《〈废都〉废谁》,学苑出版社 1993 年版,第 112 页。

④ 参见白烨:《走红的受难者——贾平凹与〈废都〉琐记》,肖夏林编:《〈废都〉废谁》,学苑出版社 1993 年版,第 88 页。

⑤ 参见刘斌:《平凹真的俗起来了?——有关〈废都〉的几则日记》,《情报文苑》1993 年第 5 期。

⑥ 参见葵葵、白烨、雷达:《〈废都〉三人谈》,肖夏林编:《〈废都〉废谁》,学苑出版社 1993 年版,第 131 页。

⑦ 孙见喜:《危崖上的贾平凹》,花城出版社 2008 年版,第 211 页。

数。[①] 笔者在阅读文献的过程中收集到主要说法,整理如下表[②]:

首印册数	来源文章
50 万	《〈废都〉解禁,我感谢盗版》
37 万	《"废都"获奖:上帝的微笑》
48 万	《〈废都〉现象与贾平凹的文学道路》
30 万	《防盗条码保〈废都〉》
65 万	《〈废都〉二十年:贾平凹小说在国外的研究》
93 万	《田珍颖口述:我与〈废都〉》
45 万	《贾平凹谢有顺对话录》

除了北京出版社出版外,还有 6 家出版社以"租版型"的方式同时印刷,每家印数超过 10 万册。[③] 在《废都》出版的两年时间里,关于出版册数,主要有两种流行的说法:一是"正式和半正式出版的《废都》有 100 多万册,而盗版大约超过了 1200 万册"[④],二是"正版加半正版和盗版共 1200 万册"[⑤]。在被禁期间,盗版到底有多少,谁也不能调查出一个具体的数字,"被盗印后发往包括西藏、云南、内蒙古在内的几十个省、区、市,也不说此书在香港被冠以'贾平凹富争议的长篇言情小说'之名在招徕读者,每本售价 18 元美金,即以'《废都》热'初起时保守的估计而言,已有 1000 万人读过此书"[⑥]。盗版无疑构成了被禁期间读者文学生活的一道独特的风景线,也是当时读者文化精神诉求的"晴雨表",是文学史不可或缺的活化石。

① 参见魏华莹采写:《田珍颖口述:我与〈废都〉》,《文艺争鸣》2016 年第 4 期。

② 文章整理来源:a.狄蕊(特约记者):《环球人物》2009 年第 23 期。b.邢小平:《"废都"获奖:上帝的微笑》,《文学自由谈》1998 年第 2 期。c.艾斐:《〈废都〉现象与贾平凹的文学道路》,《创作与评论》1995 年第 1 期。d.李忠效:《防盗条码保〈废都〉》,肖夏林主编:《废都"废"谁》,学苑出版社 1993 年版,第 109 页。e.史国强:《〈废都〉二十年:贾平凹小说在国外的研究》,《东吴学术》2016 年第 6 期。f.魏华莹采写:《田珍颖口述:我与〈废都〉》,《文艺争鸣》2016 年第 4 期。g.贾平凹、谢有顺:《贾平凹谢有顺对话录》,苏州大学出版社 2003 年版,第 178 页。

③ 据说是冶金工业印刷厂、北京第二新华厂、百花彩印厂、朝阳新华厂、华中理工大印刷厂、成都美术印刷厂。

④ 孙红:《新版〈废都〉即将面世》,《北京晨报》2003 年 1 月 17 日。

⑤ 李耀军:《惊闻〈废都〉要再版》,《青年时讯》2004 年 1 月 2 日。

⑥ 艾辛:《评〈废都〉》,《湖南社会科学》1994 年第 4 期。

2009年《废都》解禁后的重版的销量也很可观,据作家出版社社长何建明介绍,出版后半年里,《废都》卖了20万册。[①] 2010年后,销量骤减,但相对于同市场的其他书籍来说,还是属于畅销的书籍。

作家—作品—读者,始终处于一个相互作用的循环动态中,读者的反馈会作用于出版,成为出版的新趋向。《废都》能否成为一个文化消费符号取决于读者,尤其是基数庞大的"普通读者"的接受状况,反之,《废都》的出版状况又可以反映出读者的接受状况,受到读者"追捧"的作品总能成为出版社和书商关注的焦点。作品与读者接受之间的关键环节是出版,作品通过出版取得社会占有。

《废都》由大型文学刊物刊载到被禁,成为流落街头的地摊文学,经历了大起大落,如今尘埃落定,各大出版社纷纷推出精装本,成为千家万户的收藏对象。《废都》出版的脉络:1993年由《十月》杂志以整本的最高规格刊载,几乎同时北京出版社推出单行本——1994年1月被禁——盗版风行——2009年解禁后由多家出版社出版发行,且推出精装本。出版情况整理如下表:

时间	出版社	备注
1993年6月	《十月》杂志社	第4期(整本)
1993年7月	北京出版社	平装
2009年7月	作家出版社	平装、"平凹三书"之一
2010年2月	文化艺术出版社	彩插汇评本
2010年9月	安徽文艺出版社	精装、平装
2012年5月	译林出版社	平装、贾平凹文集本之一
2012年8月	漓江出版社	平装
2012年12月	上海三联出版社	精装
2013年8月	人民文学出版社	"平凹四书"之一
2013年10月	漓江出版社	精选系列之一、精装
2015年2月	漓江出版社	"平凹四书"之一

① 参见何建明:《〈废都〉重新出版内幕》,《闲闲书话》2011年第12期。

2009年《废都》解禁之后，各个出版社相继出版，以上这些版本，大多都有明显的广告包装痕迹。2009年作家出版社出版的版本的封面右上角印着“法国费米娜文学奖”；2010年文化艺术出版社的版本上的书脊上写着“华语新经典”，并在书中插入20幅彩色场景画，且每幅图上都有贾平凹的手迹；2012年漓江出版社出版的版本封面上用的是《废都》的手稿，红黑两色，在封面正中间的右边用红色标出“废都原本”四个醒目的大字。《废都》相继推出了精装本和套书，方便偏爱贾平凹作品的读者收藏。

综上所述，从《废都》的接受历程来看，一部成功作品的经典化过程处于一个累积的模式中，包括了作家的努力、文学史的接纳、批评家的甄别以及作品出版的出版手段（例如书籍的销量、图书馆使用）等等。[①]《废都》从畅销到长销的过程，也是一个从喧嚣到平静的过程，从愤激的道德指责到平静的学理探讨的过程，经过时间的沉淀，愈加显示出其独有的价值。《废都》的经典化远远没有完成，仍在经典化的路上前行。

张小林（1992～ ），四川平武人。2015年9月至2018年6月就读于山东大学文学院，现就职于甘肃省水利水电勘测设计院研究院有限责任公司。

① 参见[加拿大]斯蒂文·托托西：《文学研究的合法化》，马瑞奇译，北京大学出版社1997年版，第44页。

从创新走向局限的先锋性追求

——再论新时期先锋诗歌的发展

文——刘玄德

新时期以来,中国当代文学获得长足发展,无论文学理论的应用、文学创作的实践,还是作为知识分子第三方意识直接干预文学创作的文学批评,都取得了十分可观的成绩。当我们站在历史的今天,驻足回顾当代文学近百年——尤其是改革开放以来的几十年——的历史进程时,可以从纷繁昌盛的文学场域中发现,作为“史”而存在的文学浪潮,其发展过程中外在的不可抗力与内在不断凝聚的文化蓄力,都对其发展的方向和方式产生难以预测的影响。在文学发展的浪潮中,诗歌似乎从来都是作为引领整个潮流方向的浪头。同样,在改革开放之初盛极一时的先锋诗歌,也如一面高扬的旗帜引领着新时期文学发展的潮流。但令人始料未及的是,曾一度风靡文坛的先锋诗歌群体,在走向 20 世纪 90 年代的道路上,却逐渐呈分崩离析之势,及至落寞退场。

对于先锋诗歌的指称，批评界早有定论，最初是指20世纪80年代后期以来具有实验倾向的青年诗歌群体，主要是分散各地并遥相呼应的第三代诗人，后来又有学者将这一范围扩展到包括朦胧诗在内的当代诗坛中热衷于创新和求变的各个诗人群体，之后由于"白洋淀诗群"的发现和命名，以及黄翔、哑默、食指等人在60年代创作的具有早期朦胧诗特征的诗歌被重新发掘，使得先锋诗歌的历史空间再次扩大。先锋诗歌范围的扩充，必然使学界重新审视其文学史地位。而它的主要发展脉络和内在纹理，也同样需要进行再次梳理。

一、从自觉走向自主

在中国现代文学发展史中，诗歌的发展历程具有一条清晰的脉络，即围绕以"先锋"特征为主的自我发展之路。"文言衰而白话诗起，白话诗过于浅白则有谨严纯熟的新格律诗与艺术新异的象征诗兴；20世纪30年代脱离现实的现代纯诗和淡化艺术的革命诗走向极端后又有综合人生和艺术的九叶诗出；50年代以降，明白清浅的诗风压倒一切，遂孕育含蓄委婉的朦胧诗；至朦胧诗后先锋诗歌时期反叛更上升为整体特征。"①进入新时期，中国当代诗歌迎来最为壮观的历史性发展，"先锋性"几乎成为这一时期先锋诗歌所遵循的唯一真理。

综观整个先锋文学的发展，不难发现，先锋文学在前期的艺术内涵主要指向的是现代性，作品中往往带有强烈的文化自觉，后期则转变为自我意识中的解构性和反叛性。尤其在第三代诗的发展过程中，不断求新求变，不断地反叛前者和自我解构，成为众多先锋诗人无言的默契，由诗歌本身的"现代性焦虑"所驱动的"唯新论"是它基本的创作思维。"在80年代，'新'具有充分的合法性和合目的性。"②而对"新"极致追求的内在思维逻辑，在先锋诗歌发展过程中，集中体现在第三代诗人和20世纪90年代"70后"诗人群的出现，以及个人化写作和身体写作等诗歌创作实践。与朦胧诗自觉地进行文化启蒙不同，80年代中后期以来以第三代诗为主的先锋诗歌，主要以诗人自我意识为主导，追求诗歌外在形式的创新与"小我"价值

---

① 罗振亚：《朦胧诗后先锋诗歌概观》，《南开学报》（哲学社会科学版）2006年第3期。

② 张清华：《从启蒙主义到存在主义——当代中国先锋文学思潮论》，《中国社会科学》1997年第6期。

观的书写,选择主动规避朦胧诗的时代感和历史责任感。这种由自觉转向自我的创作意识,是先锋诗歌发展的内在动力,也是促使先锋诗歌不断以“先锋”的姿态占据时代文坛风口浪尖的重要因素。

早期朦胧诗于 20 世纪 60 年代的“文革”时期便已经开始萌发,以黄翔、哑默为代表的贵州诗人群,率先敲开了诗歌创作新世界的大门,他们所创作的诗歌以油印民刊的方式,张贴在北京“民主墙”上。这些诗歌在很大程度上影响了以北岛等为核心的后期朦胧诗人。在这些早期的“异类”诗歌中,就已经带有了鲜明的朦胧诗特征。“啊火炬你用光明的手指/叩开了每间心灵的暗室/让陌生的能够互相了解/彼此疏远的变得熟悉/让仇恨的成为亲近/让猜忌的不再怀疑/让可憎的倾听良善的声音/让丑恶的看见美/让肮脏的变得纯洁/让黑的变白/你带来了一个光与热统治的世界”(《火炬之歌》)诗中饱含对现实社会的呐喊、对光明未来的极度渴望和愿为时代献身的文化自觉意识,已经足以代表这一代人心灵的炽热和灵魂亟待止渴的强烈欲望。但由于贵州诗人群的诗歌创作并未被完整地保存,所以其诗歌史的价值常被研究者所忽略。近年,北岛写给哑默的七封信的手稿被发现,展示了贵州诗人群在诗歌形式、艺术理论、诗学观念等方面对朦胧诗产生的全方位影响。“文革”后期“白洋淀诗派”在时代投影下逐渐形成规模,芒克、多多、根子、林莽等人以知青身份相聚在一起,他们大多为北京人,拥有较高的文化水平,而且有些人还接受过系统的高等教育,所以他们的思维远远超出了时代的发展轨道,时代责任感和自我燃烧欲望极为强烈。但由于时代和社会的因素,“白洋淀”诗人们的作品无处发表或是无法发表,于是芒克与北岛等人便创办民刊《今天》用以刊登他们的诗歌作品,从而形成围绕《今天》杂志而名噪一时的朦胧诗派。

朦胧诗在情感的发泄与精神的寄托方面,最能够体现出朦胧诗人强烈的自我彰显欲望和肩负时代使命的自觉意识。“我来到这个世界上/只带着纸、绳索和身影/为了在审判之前/宣读那些被判决的声音/告诉你吧,世界/我—不—相—信/纵使你脚下有一千名挑战者/那就把我算作第一千零一名”(《回答》)“我之所以坚定地相信未来/是我相信未来人们的眼睛/她有拨开历史风尘的睫毛/她有看透岁月篇章的瞳孔/不管人们对于我们腐烂的皮肉/那些迷途的怅惘、失败的痛苦/是寄予感动的热泪、深切的同情/

还是给以轻蔑的微笑、辛辣的嘲讽”(《相信未来》)他们对社会现状和整个时代充满失望与悲戚的情感,但却一直坚信未来的光明和希望的神圣,心中葆有对美好未来的向往和期待。这种文化自觉意识在早期朦胧诗萌芽之初,便根植于此一代人的精神深处。

尽管朦胧诗以势不可当的趋势带领新时期文学率先走向解放与革新,但社会和时代的桎梏在此时却并没有被完全清除。20 世纪 80 年代初期,政治对于文学创作的影响经历了一个短暂的回潮。1983 年关于“清除资产阶级精神污染”的运动,是改革以来最尖锐和激烈的思想与政治事件。以此为中心,“对于‘异化’理论的批评,对于徐敬亚《崛起的诗群》的批评都爆发出很浓的火药味……由于这场运动的涉及面非常广泛,至少在诗歌界是出现了一场空前的寒流,几年中已经为公众所熟知的一批具有探索倾向的诗人都一度被迫停止了创作”①。也正是这一颇具代际分割意义的事件,致使朦胧诗在绚烂一时之后迅速凋零。

进入 20 世纪 80 年代之后,由于改革开放的不断深入,现代化的经济社会逐渐显现其难以控制的物欲和罪恶,人们的思想也逐渐发生了转变。相对于有过“文革”的特殊经历的朦胧诗人,以于坚、韩东等新一代诗人为主的第三代诗人,以崭新的姿态强势登上历史的舞台。他们没有朦胧诗人那种强烈的“文革”记忆,不认同前辈诗人们所谓的“崇高”“光明”的未来,他们更多的是接受西方现代文艺思想,并试图在快速发展的现代经济社会中实现自我情感的释放。他们不仅在思想观念上与朦胧诗人不同,而且在诗歌创作上还拥有自己独特的见解,显示出极端的反叛、解构与自我重构倾向。第三代诗人不关心时代的宏大,立足于自我的主体意识,对“崇高”“尊严”等概念嗤之以鼻,热衷于关注冷峻的现实和个体的无力感。对个体情感的把控致使他们在诗歌创作中显示出明显的自主化倾向,“莽原”“非非”“他们”等诗歌群体都有各自的诗歌主张,但无一例外地都指向形式的革新。他们主张方言入诗、地域文化入诗等等各具特点的创作形式。对传统历史和文化的解构,也屡见不鲜,并且已经关涉到诗歌本身的解构。他们力图追求形式的创新,排斥朦胧的意境和艺术上的象征。这也是最能够

① 张清华:《“80 年代文学”论略:一个文学史的考察》,《山西大学学报》(哲学社会科学版)2010 年第 4 期。

体现出第三代诗人自主地进行诗歌创作选择的特征。“此时你制造一首诗/就等于制造一艘沉船/一棵黑树/或一片雨天的堤岸……器官突然枯萎/李贺痛哭/唐代的手不再回来”(《悬崖》)第三代诗人习惯把自己的情感体会和具体的现实,在诗里进行直观的展示,其内在的文化视点一反朦胧诗宏大、抽象的视野,而不断趋向微观的个人化、具象化领域。“所有的东西都在夏天/被毕业分配了/哥们儿都把女朋友留在低年级/留在宽大的教室里读死书/读她们自个儿的死信”(《毕业分配》)具体可感的现实生活和个人在社会中无能为力的状态,是他们真实的感受和诗歌主要表达的情感意蕴。

需要指出的是,新时期先锋诗歌的发展如同跌入宿命的轮回。如朦胧诗的退却一般,20 世纪 80 年代后期,第三代诗人在锋芒毕露以后同样潦草收场。由于这一时期文坛刮起的新潮之风,加之市场经济所带来的巨大物质冲击和精神腐化,使得大多数作家在面对现实的物质社会时,自身同样产生强烈的“影响的焦虑”。因此,90 年代的诗坛景观呈现了一种离心的状态,这同 80 年代艺术上的向心状态正好形成对比。[①] “70 后”诗人、个人化写作和身体写作正是在这种变化下涌现而出,他们勇敢地接过第三代诗人关于诗歌形式创新的接力棒,继续寻求更彻底的诗歌改革方式。同时,他们也在一定程度上突破了第三代诗人塑造的形式圈套,进入诗歌艺术创新的新领域。针对第三代诗抽象的抒情倾向和与现实过分黏合、大词盛行的两种偏向,“他们有策略地‘及物’与‘深入当代’”[②]。而以身体写作为主的诗人更是打破了传统理念中对女性身体的认识,大胆触及人性中“性”本能的复杂性,并由此凸显出当下社会人们精神的困境和情感的危机。他们的诗歌创作相较于第三代诗,个人化色彩更加明显,在诗歌创作过程中的自主选择性也更加突出。至此,由早期朦胧诗为代表的先锋诗歌,完全从严肃、小众的知识分子文学的地位被引领到世俗民间的大众生活之中。

先锋诗歌的鼎盛时期从朦胧诗直到 20 世纪 90 年代个人化、身体写作等诗歌群体,在这一发展过程中,先锋诗歌的创作模式经历了由自觉的文

---

① 参见杨小滨:《异域诗话》,《倾向》总第七、八期合刊,1996 年秋季刊。转引自梁建东、张晓红:《论柯雷的中国当代诗歌史研究》,《当代文坛》2009 年第 4 期。

② 罗振亚:《一九八四——二〇〇四先锋诗歌整体观》,《当代作家评论》2006 年第 3 期。

化意识觉醒到自主的情感对象选择。这两者各有可取,无关孰优孰劣。但不可否认的是,自觉的文化意识使先锋诗歌处在常人难以触及的云端,而自主的情感选择又将先锋诗歌拉得过于低浅,并且局限于追求“突破”革新的圈套,并最终将先锋诗歌拉下“先锋”的地位。

二、在矛盾中发展

马克思主义哲学中的唯物辩证法指出,一切事物都是在矛盾中不断发展的。事物本身的矛盾和解决矛盾的过程,便是推动事物发展的不竭动力。在先锋诗歌的发展历程中,矛盾同样是推动其不断前进的动力之源。这也是诗歌自我发展的规律。上文已经提及,前期以朦胧诗和第三代诗歌为主的先锋诗歌,在短短数年间迅速发展壮大,使现代主义和后现代主义通过诗歌这一文体在中国当代文学中得以发展。但是,在回顾 20 世纪 80 年代文学时,先锋诗歌前后不同阶段所产生的巨大矛盾,同样是导致先锋诗歌发展方向发生变化的重要因素。

朦胧诗所包含的企图使自我价值在伟大的理想与宏大的背景下得以彰显的强烈愿望是自我理想、抱负与国家、时代密切结合的表现。食指、北岛等诗人对现实充满悲戚和失望,但却怀抱着冲出现实的决心,注重虚无、幻想中的理想自我。“文革”的特殊经历,是他们肩负强烈的时代责任感和文化自觉意识的重要原因,他们身上都有一种融于时代、融于社会的家国情怀和知识分子士大夫情结。社会的现实与自我理想的反差,带给朦胧诗人沉重的心理负担,而这种难以消解的现实矛盾和心理郁结正是催生朦胧诗生根的文化动力和精神源泉。然而以于坚、韩东等为主的第三代诗人却显示出与朦胧诗人相对立的立场,他们没有“文革”的青春记忆,所以不理解更不认同朦胧诗人们的情感触动,从“打倒舒婷”“PASS 北岛”等口号就能看出两者之间的巨大分歧。他们站在地面上反观现实中的冷峻,注重小我的价值。他们认为自我价值的实现是在日常生活和平凡之中,在个人与祖国、时代等宏大事物之间更多的是无力改变现实的无奈。同时,青年群体固有的叛逆心理和敢为天下先、舍我其谁的情绪,一定程度上也是他们之所以将朦胧诗看作一无是处的内在情感因素。他们反对朦胧诗所塑造的“高高在上的美”“冷峻的高雅”和“高尚的忧伤”,而追求感情的“零度”和还原物质本身的叙述。他们对朦胧诗具有针对性的解构和反叛,目的性和策略性表现得极为明显。同时,第三代诗人虽然以多种形式完成自我意识的表达,并且是以反中心倾向为主的多地区发展为特征,但其内在思想纹理具有统一的思维逻辑。所以诗歌创作理念的不同,是第三代诗与朦胧诗最为主要的矛盾。

在第三代诗人群体中,各个诗歌流派纷纷喊出自己的诗歌创作主张,例如,"莽汉主义"常常在诗歌中以直露的反抒情和挟带着暴力意图的黑色幽默风格,极其粗鲁地嘲弄一切;"'非非主义'更不乏大胆妄为的'反语言'实验——在其中肆意瓦解中心,颠覆主体,反常规语言习惯和经典语法秩序。"[①]显然,作为后现代主义文化的一种泛文本现象,"非非"和"莽汉"更重要的意义在于运动和行为本身,而不是孤立和狭义的诗歌书面文本。在周伦佑、张枣、西川等人的诗作中,这表现为明显的行为主义倾向,与后现代主义主张的打破现代艺术的界限、视行动本身为艺术、艺术应当标新立异等观点是不谋而合的。这显然与朦胧诗的现代主义特征有着本质区别,所以现代主义与后现代主义之间的矛盾,也可视为朦胧诗与第三代诗之间的矛盾。在朦胧诗后的先锋诗歌中,这种内在的矛盾已经成为推动诗歌自身前进的重要动力。

这里需要注意的是,第三代诗的盛行与朦胧诗的落幕,并不代表第三代诗压倒了朦胧诗的发展。同样,在先锋诗歌的发展潮流中,也没有任何一个诗歌派别压到另一个诗歌派别。因为文学的发展如同浪潮一般前赴后继,一种新的潮流登场预示着势必会有旧有潮流的退让,这也是文学发展过程中十分自然的现象。无论是以朦胧诗歌、第三代诗歌为主的前期先锋诗歌,还是以"70后"诗歌、身体写作等为主的后期先锋诗歌,它们之间的代际更迭体现的是中国现代诗歌的发展规律。可以说,"不仅仅是中国现代文学,而是中国现当代文学近百年发展史上的任何一个阶段,都是不同文学流派共同发展的结果,而不是一个流派压倒另一个流派的结果,这种一个流派压倒另一个流派的现象在中国当代文学史上也曾出现过,但那不是文学自身发展的结果,而是外部力量干涉文学的结果"[②]。

---

① 陈旭光:《"第三代诗歌"与"后现代主义"》,《当代作家评论》1994年第1期。

② 王富仁:《中国现代主义文学论(上)》,《天津社会科学》1996年第4期。

在第三代诗走向没落的后期，一位闪耀着理想光芒的诗人，给 20 世纪 80 年代诗歌创作注入了新鲜的血液和再生的活力，这位诗人就是海子。海子的诗学理念与大多数第三代诗人不同，他追求纯粹的理想和美好的生命存在形式，浓厚的死亡气息和黑暗意象又使得他的诗歌充满对生的绝望和对死的执念。史诗和“大诗”的创作是海子所追求和创作实践的重要目标，这在一定程度上与朦胧诗的文化自觉意识有内在的承接，并与解构传统、反叛历史的第三代诗有着本质上的不同。海子的诗作，是 20 世纪 80 年代中后期先锋诗歌最后的辉煌，而海子的自杀便给 80 年代的文学精神提前画上句号，正如罗振亚所言：“海子的诗在提升时代诗意层次和境界的同时，因对乌托邦式的古典浪漫理想的最后守望，挽留住了浪漫主义在二十世纪的最后一抹余晖。”①

20 世纪 90 年代初期，社会主义市场经济体制得以确立，一时间社会各个方面充斥着金钱与物欲，文学同样面临着商品化的趋势，而社会中不断传染的世纪末情绪，为这场浑浊的市场经济大潮增添了新的躁动因子。所以 80 年代中后期至 90 年代这一时期的社会、经济和文化领域的变动，共同促进先锋诗歌在自我“创新”的道路上越走越远，但也导致了其发展路径的单一和未来必然走向没落的命运。只注重诗歌外在形式而忽视内在文化意韵的求新求变，注定无法形成科学的良性发展模式。而先锋诗歌最终走向了历史的观众席，也以自身的命运证实了这种规律。

三、短暂辉煌后的快速跌落

新时期以来，尤其是改革开放政策的实施之后，中国结束了十数年向内的自我隔离，张开了迎纳世界的怀抱。一时间，社会各个方面都涌入了大量以西方发达国家为代表的发展模式和思维观念。在文学领域，西方的各种理论和“主义”纷纷被中国知识分子汲来用以“解渴”。知青群体所写的朦胧诗中所体现的现代主义特征，是新时期初始知识分子迷惘、伤感但踌躇满志的直观反映。“第三代诗人”针对朦胧诗提出解构崇高、反朦胧诗的主张，将目光投向现实中无能为力的自我生存现状，充满了典型的后现

① 罗振亚：《一九八四——二〇〇四先锋诗歌整体观》，《当代作家评论》2006 年第 3 期。

代主义色彩。与朦胧诗春风拂堤百花开的登场模式相同,以 1986 年“两报现代诗大展”为契机,一夜间第三代诗人遍地开花,众多流派、各种口号一齐涌现,先锋诗歌的发展也由此在 80 年代走向短暂的高峰。

20 世纪 80 年代以朦胧诗与第三代诗为主的先锋诗歌,以绝对震撼的方式,在新时期文坛掀起了文学创作的改革浪潮,引领新时期文学的整体发展趋势,并且将现代诗歌本身所具有的先锋性特征,以更为张扬的方式显露于时代文学的浪潮之中,形成现代诗歌独占文坛鳌头的鼎盛局面。然而 80 年代中后期以来,先锋诗歌受到自身巨大的反叛惯性,诗歌作为中国现当代文学发展的中心轴,开始失去其风向标意义的主体地位,并且其文学史的意义也出现断崖式下跌,最终使得先锋诗歌走向时代的幕后。

朦胧诗之后的先锋诗歌,纷纷站在反朦胧诗、反中心化的立场上,追求诗歌创作的边缘化和个人意识,他们排斥时代的主体性和社会责任感,以“边缘人”的视角去看待现实与人生。所以朦胧诗后先锋诗歌中的所谓“先锋性”,主要建立在一种“边缘性”立场而非“前卫性”立场之上。在以第三代诗为主的先锋诗歌对朦胧诗的反叛的过程中,虽然对诗歌形式的革新和主题的拓展,带来十分重要的影响,并且推动了诗歌整体的前进,但不容忽视的是,自第三代诗开始,先锋诗歌便极度依赖对前者的反叛和对诗歌外在形式的创新,他们对于诗歌的身份认知和自我定位,渐趋于走向私人、民间的低姿态,呈现出一种大众化、普泛化的文化意识。这种割断传统文化脐带的创作方式,虽然在其时显示出极为新颖的形式变革,但由于缺失最根本的内在文化传承与传统的诗歌创作纹理,注定成为空中楼阁,无法长期发展。与此同时,20 世纪 80 年代中期,小说的快速兴起改变了新时期文坛的最初面貌,对诗歌的地位也造成了巨大的冲击。1985 年作为新时期小说创作的“文学方法年”,标志着“寻根文学”“先锋小说”等新潮小说的流行,也象征着西方现代主义、后现代主义、魔幻现实主义、印象主义、自然主义等现代文学观念在中国当代小说创作中的流行。相对于如火如荼的小说创作,诗歌界的现代主义运动是 1986 年出现的“现代主义诗歌大展”:“仅仅在《人民日报》发表了‘检讨书’一年多之后,跑到了深圳的徐敬亚就策划了以《深圳青年报》和《诗歌报》为载体的‘1986,现代诗群体大展’,这成了‘第三代崛起’的一个契机。……很奇怪,原来都是诗歌跑在所有文类的最前面，而这次诗歌的现代主义运动居然落到了小说之后。”[①]这一现象其实已经暗示了先锋诗歌的命运走向。

从第三代诗开始，先锋诗歌保持了强劲的冲锋势态，却也包含着强烈的青春期的冲动和肆意。第三代诗人在面对朦胧诗时，以近乎狂妄的姿态发出了声盖天宇的呐喊，以极端的反叛来解构朦胧诗所张扬的崇高、严肃等文学意象，甚至对历史、文化也持有怀疑和局外人的态度。而诗歌本身的重构，更是引起了第三代诗人共同的诗歌创作追求，于坚、韩东、杨黎、李亚伟、唐亚平等人虽处在不同的地域，却以相似或相同的美学态度和诗学理念，共同进行着诗歌形式的探索。但是，他们这种以青春热血的方式展开的诗歌形式革新，忽略了诗歌内在的文化核心，并且中断了以朦胧诗为纽带的中国现代诗歌创作传统。这种缺陷在第三代诗的后期显得尤为明显。及至 20 世纪 90 年代，诗歌形式上的创新又进入新的阶段，以“70 后”诗群和身体写作等为主的 90 年代先锋诗歌创作，如伊沙的《风光无限 37》、马永波的《电影院》、王小龙的《语言》等，已经开始将诗歌的艺术水平视为评价诗歌的重要标准，胡冬的《我想乘上一艘慢船到巴黎去》、孙文波的《祖国之书，或其他》、西渡的《梦中的纸马》，甚至是于坚铺排日常场景状态的“事件”系列诗歌，“都不再注重语词意识而转向重视语句意识”[②]。与此同时，翟永明的《咖啡店之歌》、虹影的《门前》等诗歌，以女性的视角将诗歌的叙述视角转移到了日常生活，更加注重对细节的关注，以直观的描写方式触碰真实的现实生活。80 年代中后期的诗歌创作，“破坏性写作大于建设性写作，策略性写作大于原则性写作，为现象效应写作大于为艺术写作，浮躁性、浅表性写作大于沉静内在的写作的不良风气与局面”[③]。这种以破坏传统的方式进行的形式创新距离传统诗歌的创作纹理越来越远，内在的文化意蕴和精神旨归在后期先锋诗歌中也逐渐式微，同时更由于诗人自身的艺术创作力和文化水平的欠缺，导致先锋诗歌走向凋落。

先锋诗歌在中国当代文学中占据了十分重要的地位，尤其在新时期文学中一度作为文坛发展的领头羊。但是，由于先锋诗歌在发展中的内在原

---

① 张清华：《“80 年代文学”论略：一个文学史的考察》，《山西大学学报》（哲学社会科学版）2010 年第 4 期。

② 罗振亚：《一九八四——二〇〇四先锋诗歌整体观》，《当代作家评论》2006 年第 3 期。

③ 张清华：《从启蒙主义到存在主义——当代中国先锋文学思潮论》，《中国社会科学》1997 年第 6 期。

因,加之先锋诗人自身的缺陷,使得先锋诗歌过于求新,视标新立异为潮流和风尚,而对以往历史的反叛与蔑视、对传统的不屑与摒弃,更是割断了中国现代诗歌创作的文化传统,失去支撑其长久存在和发展的基础。同时,市场经济的飞速发展带来的文学商品化现象和人们精神的虚妄,同样是先锋诗歌走向没落的重要外部原因。因此,先锋诗歌由最初绚烂的绽放到最终快速的凋零,是其自身发展的必然趋势,也是先锋诗歌在时代文学发展中的历史归宿。

刘玄德,苏州大学文学院博士研究生,主要研究方向为中国现当代文学。

经典
Classic

五十元

文——王统照

他从农场的人群里退出来，无精打采地沿着满栽着白杨树的沟沿走去。七月初的午后太阳罩在头上如同一把火伞。一滴滴的大白汗珠子从面颊上往下滚，即时便湿透了左肩上斜搭的一条旧毛巾，可是他却忘了用毛巾抹脸。

实在，这灼热的天气他丝毫没感到烦躁，倒是心头上却像落下了一颗火弹，火弹压住了他的心，觉得呼吸十分费力。

这位快近六十的老实人，自年轻时就有安分的服从的习惯，除掉偶而与邻居为收麦穗、一只鸡七天能生几个蛋抬了“话杠”之外，对于穿长衣服的人他什么话都说不出。唯唯的口音与低着眉毛的表情，得到许多人的赞美。

“真安本分……有规矩……不糊涂……是老当差！”这是他几十年来处处低头得到的公共主人们的好评。

农场上，段长叫去的集会，突然给予他一次糊涂的打击。尽着想，总没有更好的办法。

“喂！老蒲，哪里来？你看，一头大汗。……”

在土沟的尽头，一段半塌的石桥上，转过一个年轻人，粗草帽，白竹布对襟褂子，粗蓝布短裤，赤着脚，很快乐地由西边来向老蒲打招呼。

“啊啊，从……从小牟家的场上来，开会，嗳！开会要枪哩。……”

“开会要枪？又不是土匪怎么筹枪？”年轻人满不在乎的神气。

“伍德，你二哥，你别装痴，你终天在街头上混，什么事你不知道？……愁人！怎么办？段长，他说是县长前天到镇上来吩咐的，今年夏天严办联庄会,摊枪,自己有五亩地的要一杆枪,本地造的套筒。……”老蒲蹙着眉毛在树下立住了脚,说。

伍德从腰带上将大蒲扇取下来,一阵乱摇,脸上酱紫色的肉纹顿时一松,笑嘻嘻地道:“是啦,联庄会是大家给自己看门,枪不多什么也不中用,这是好事呀!……不逼着,谁家也不肯花钱。……”

“你说,你二哥,本地造套筒值多少钱一杆?”

“好,几个庄子都支起造炉,他们真好手艺。……我放过几回,一样同汉阳造用,准头不坏。……听说是五十块一杆,是不是?”

“倒是不错。镇上已经在三官庙里支了炉,三个铁匠赶着打,五十元一杆,还有几十粒子弹。……你二哥,事是好事,可是像咱这样人家也摊一份?你说。……”

“好蒲大爷!你别提咱,像我可高攀不上。你是有土有地的好日子,这个时候花五十块得一杆枪。还没有账算?不,怎么段长就没叫我去开会。”伍德的笑容里似含着得意,也似有嫉妒的神色,他用蒲扇扑着小杨树叶子上的蚂蚁,像对老蒲的忧愁毫不关心。

“咳!咳!现在没有公平。你说我家里有五亩的自己地?好在连种的人家的不到四亩半,二亩典契地,当得什么?五十块出在哪里?今年春天一场雹子灾。秋后怕缴不上租粒。……段长不知听谁说,一杆枪价,给我上了册子,十天以里,……交钱,领枪!没有别的话。县长的公事不遵从,能行?……”这些话他从十分着急的态度中说出来,至少他希望伍德可以帮同自己说几句略抒不平的同情话。

“蒲大爷,咱……真呀,咱还是外人?想必是‘家里有黄金,邻舍家有灯盘’,我若是去领枪,人家还不要呢。你老人家这几年足粮足草,又在好人家里当差多年,谁不知道。你家里没有人花钱,段长他也应该有点打听吧?”

一扇子打下来一个绿叶子,他用粗硬的脚心把叶子在热土里踏碎。

老蒲这时才想起拉下毛巾来擦汗,痴瞪着朦胧的眼睛没说出话来。

“恭敬不如从命!我知道现在办联庄会多紧,局子里现拴着三四个,再不缴款听说还得游街,何况还有枪看门。教我有五十块,准得弄一杆来玩玩。我倒是无门可看。蒲大爷,看的开吧,难道你就不怕土匪来照顾你?

……哼！”

“破了我的家统统值几个大钱?”老蒲的汗珠沿着下颌、脖颈，滴得更快。

“值几个大？怎么说吧……我是土匪，我就会上你的账。还管人家大小？弄到手的便是钱。现在你还当是几年前非够票的不成?”

老蒲乍听这向来不大守本分的街猾子伍德的话，满怀不高兴，可是他说的这几句却没法驳他。五十元的出手还没处计划，果真土匪和这小子一个心眼，也给自己上了账，可怎么办？这一来，他的心中又添上一个待爆裂的火弹。

“愁什么，这世道过一天算一天，难道你老人家还想着给那两个兄弟过成财主？……”

伍德把蒲扇插入腰带，很悠闲地沿着沟沿向东走去。

老蒲回看了一眼，更没有把他叫回的勇气，可是一时脚底下像有什么粘住抬不起腿来。头部一耸一耸地呼吸那么费事。段长的厉害面孔又重复在自己的眼前出现。向来也是镇上的熟人，论起他家来连自己不如，不过是破落户罢了，谁不知道，提画眉笼子，喝大茶叶，看车牌是他的拿手本领。一当了段长真是有点官威了，比从前下乡验尸的县大老爷的神气还厉害。在场子里说一不二。“五十块，十天的限期，缴不到可别提咱们不是老邻居！公事公办，我担不了这份沉重。……”他大声喊叫，还用手向下砍着，仿佛刽子手的姿势。……

他尽着呆想刚才的情形，不觉把如何筹款以及土匪上账的忧虑暂时放下了，段长的变架子，不容别人说话的神气，真出于这老实人的意外。

无意中向西方仰头看去，太阳已快下落了，一片赤红的血云在太阳上面罩住，他又突然吃了一惊。

在回到距镇上里半路他家的途中，他时时向西望那片血红的云彩，怕不是好兆！他心上的火弹更是七上八下地撞击着。

老蒲的家住在镇外，却不是一个村落，正在一片松林的侧面。松林是镇上人家的古茔，他已在这片土地上住了三辈了，因为老蒲的父亲贪图在人家的空地上可以盖屋的便利，便答应着辈辈须给人家看守这座古茔。现在，这古茔的后人大半都衰落了，现在成了不止一家的公分茔地，树木经过几次的砍伐，只余下几棵空心的大柏树，又补栽了一些白杨。有几座老坟早已平了，石碑也有许多残缺，茔里边满是茂生的青草。老蒲住在那里，名分上是看茔地，实在早没有很多树木可以看守了。几间泥墙草顶的屋子，周围用刺针插成的垣墙，破木板片的外门，门里边有一囤粮食，所有的烧草因为院子小都堆在门外边。他与一家人每当夏秋的晚间便坐在院子中大青石上说说闲话，听见老柏树与白杨刷刷擦擦的响声也很快活。不过镇上的人都说这座古墓里有鬼，也有人劝他搬家，老蒲却因为舍不得这片不花钱的土地，又知道屋子是搬不走的，所以永没有搬。至于什么鬼怪，不但老蒲不信，就是他家的小孩子也在黑夜里到过坟顶上去，向来是不懂得什么叫恐怕。

这一天的晚饭老蒲没吃得下，可是也不说话。他的大儿子向来知道这位老人的性格，看他从镇上开会回来，眉头蹙着，时时叹气的样子，便猜个大概。不用问，须静等老人的开口，这一定是又有为难的事。第二个儿子吃过两碗小米饭后却忍不住了。

"爹，什么事？你说吧，到底又有什么事？我知道单找庄稼人的别扭！"

老蒲将黑烟管敲着小木凳，摇摇头。

"怪，咱这样人家还有什么？现在又没过兵。"

"小住，"老蒲在淡淡的月光下看看光着肩背的儿子们，重复叹一口气，"你还年轻，你哥知道的就多了，还有你老是毛头毛脑，现在不行啦，到处容易惹是非。……你知道么，我同爷爷给人家当了一辈子……两辈子了……差事，还站得住，全仗着耐住性子伺候人。不想想若是有点差错，这地方咱还住的了？……"

老蒲的寻思愈引愈远，现在他倒不急着说在镇上开会要枪的话，却借这个机会对第二个儿子开始教训。

"怎么啦？爹！我毛头毛脑，我可是老实种地，拾草，没惹人家呀。"小住才二十多岁，高身个，有的是气力，向来好打不平，不像他的大哥那样有他爹的服从性。

"不要以为好好地种地拾草便没有乱子，现在的世道，没法，没法！我已经这把年纪了，这一辈子敢保的住，谁知道日后的事。你……小住，我就是对你放不下这条心！……”

小住同他哥哥听见老人的话十分凄凉，这向来是少有的事，在他们的质朴的心中也觉得忐忑不安。

小住的大哥大名叫蒲贵，他虽然四十岁以外了，除了种地的活计什么事都不很懂得，轻易连镇上也不去。老浦在镇上著名人家里当老听差，就把农田的事务交付他这赋有老子遗传的大儿子。小住十多岁时在小学堂毕过业，知识自然高得多。家里没有许多余钱能供给他继续上学，又等着人用，所以到十六岁也就随着大哥在田地中过着庄稼日子。不过他向来就有点刚气，又知道些国家、公民的粗浅道理，虽然他仍然是老实着做农民，却不像他爹爹和大哥那么笨懦了。因此，老蒲平日就对这个年轻的孩子发愁，懊悔不该教他念那四年“洋书”。过度的忧虑便使得这位过惯了当差生活的老人对小住加紧管束，凡与外人办事都不准他出头。他的嘴好说，这是容易惹乱子的根源。老蒲伺候过两辈子做官的东家，明白是非多从口出的大道理。尤其在这几年的乡下不是从前了，动不动就抓夫、剿匪，沾一点点光，便使你家破人亡。镇上的老爷们比起捻子时候当团总的威风还大，乡村里凡是扛枪杆的年轻人更不好惹。小住既然莽撞，嘴又碎，在这个时代平日已经给老诚的爹爹添上不少的心事。当天的事引起了他未来的许多思虑，所以对这年轻人说了几句。

小住在淡月的树影下面坐着，一条腿蹬着凸起的树根。

“不放心，就是不放心！我，我说，大前年我要去下关东，你又不教去……”

“小住，”他大哥很怕老人家生气，想用话阻住兄弟的议论；只叫出名字来却没的继续下去。

“哥，看你多好。爹不用说，邻舍家也都夸奖你老实。……我呢，一不做贼，二不去和土匪绑票，可是都不放心。说话不中听，什么话才中听？到处里给人家低声下气，不就是满口老爷、少爷地叫，我没长着那样嘴。干不了，难道这就是有了罪？”小住的口音愈说愈高，真的触动了他那容易发怒的脾气。

在平常日，老蒲一定要拍着膝盖数说这年轻人一顿，然而这时并没严厉地教训他，只是用力抽着烟，一闪一灭的火星在暗中摇动。

堂屋门口里坐着一群女人,小住的嫂子,还不到二十岁的妹妹,小侄女,这是老蒲的全家人。小住还有一个三岁的侄子早在火炕上睡了。

“你二叔,”小住的嫂子是个伶俐的乡下女人,也是这一家的主妇,因为婆婆已死去几年了。这时她调停地说:“爹替你打算还不为好?像你哥那样不中用,爹连说还不说哩。你二叔,又知书识字,将来咱们这一家人还不是靠着你。爹操一辈子心,人到底是老了,你还年轻。老练老练有什么不好,本来现在真不容易,爹经历多,他是好意。”

“澄他娘,你明白,我常说我就是这么一个明白媳妇。对呀,小住。你觉得我说说你是多管闲事?……如今什么都反复了。我看不透,你就以为我看不透,罢呀,我……我究竟比你多吃了几十年煎饼,我知道像你看不起我这老不中用的!……下关东,你想想我这把年纪,还得到镇上当差,家里你哥、嫂子,咱辈辈子种地吃饭,你去关东,三年两年就背了金子回来?好容易!别把事情看得那么轻。工夫多贵,忙起来叫短工也得块把钱一天,你走了怎么办?我又没处去挣钱!咳……由着你的性子,干……干?咳!……”

老蒲向青石边上扣着烟斗,小住鼓着嘴向云彩里看月亮,不说话,他大哥更没有什么言语。

一阵风从枯柏树上吹过,在野外觉得十分凉爽。

“我不是找事呀,小住,你要明白!愁得我晚上饭都吃不下。年轻人,你们这年轻人没等我说上两句,先有那么些话堵住我的嘴,正话没说,先来上一阵斗口,我发急中什么用?”

媳妇从锅里盛了一瓦罐凉米汤,端着三个粗碗放到院子里,先给老蒲盛了一大碗。

“爹,正经事,你别同二弟一般见识,说说你在镇上听见的什么事。”

“咳!只要拿的出大洋五十元就行!”老蒲说这句话,简直提不起一点精神来。

“五十元?爹,怎么还有教咱缴五十元的?又不是土匪贴了票帖子……”小住的嫂子靠小枣树站住了。

“这是新章程呀。段长吩咐下来:只许十天的限期,比衙门催粮还紧。”

老蒲这时才慢慢地把当天下午在小牟家农场上开会的事都报告出来,

又把镇上重新分段办联庄会的经过，与他这一家分属楞大爷那一段的详细事都说给全家。末后，他又装起一袋烟吸着，像是抑压他的愁肠。

“真不是世界！情理同谁来讲，地不够也罢，钱更不用提，就说那一杆枪，爹，你好说我没有成算，你想，咱家有那么一杆枪，在这个林子边住家，有人来，就挡的住？再说，还不是给人家现现成成的预备下？……”小住提高了嗓子大声喊。

“你小声点，这个时候定的住谁在墙外。”他大哥处处是十分小心。

老蒲听第二个儿子说的这几句，却找不出话可以反驳他，自己只是被五十块大洋与十天缴不上要押起来游街的事愁昏了，倒还没想到这一层。对呀！他全家在这块茔地边住了多少年，什么事都没有，虽然前几年闹匪闹的比现在还厉害，也没曾有人来收拾他。不用躲避，也用不到防守，谁不知道他家只有二亩半的典契地，下余的几亩是佃种的。可是这一来，一杆枪也许就招了风来？不为钱还为枪；土匪只要多得一杆枪强似多添十个人。这一来，五十块大洋像是给他这棘子墙上贴了招牌，这真是平空掉下来的祸害！即时他记起楞大爷在散会时吩咐的话——

“以后的事：谁领了枪去，镇上盖印子，不许随便送人，只可留着自己用。会上多早派着出差，连枪带人一起去。丢了枪，小心：就有通匪的罪！——不是罪，也有嫌疑。”这些话段长是在最后说的，大家因为要筹钱弄枪已经十分着急，有枪后的规则自然还不曾留心听。然而现在老蒲却把这有枪后的规则想到了。

双重的忧恐使老蒲的烟量扩大了，吃一袋又是一袋。他现在并没有话对这莽撞的年轻人讲。

“爹，你在镇上熟呀，当差这么些年，不会求人？向段长，——更向会长求求情，就算咱多捐十块八块钱，不要枪难道不行？”伶俐大媳妇向老蒲献出了这条妙计。

“嗳！……这份心我还来的及。人老了，镇上也有点老面子，大家又看我老实，年纪大，话也比较容易说。可是我已经碰了一回钉子了。……”

“去找的会长？”小住的大哥问。

“可不是。会长不是比我的主人下一辈，他年轻，人又好说话，实在还是我从小时候看着他在奶妈的怀里长大的。自然我亲自去的，……他说的也有情理。”

始终对于这件事怀抱着另一种心情的小住突然地问他爹:“什么情理,他说?”

“他是会长,他说关于各段上谁该买枪的事,有各段的段长,他管不了。……县长这次决心要严办,谁也不敢徇私。……他这么说。”

“哼!他管不着,可是咱哪里来的五亩地?果然有?咱就按章程买枪也行。”

“我说的,我当场对段长说的……不中用,段长,他以为不会教咱花冤枉钱,调查得明明白白,都说咱这几年日子好,就算地亩不够,枪也得要。”

老蒲的破青布烟包中的烟叶都吸尽了,他机械地仍然一手捏着袋斗向烟斗里装,虽然装不上还不肯放手。

“这何苦,谁不是老邻居,怎么这样强辞夺理!”大媳妇叹息着说。

接着她的丈夫在青石条上深深地吐了一口气。“要谁说也不行,不止咱这一家。谁违背规矩就得按规矩办。镇上现下就拴着好几个。我又想谁这么狠心给咱上这笔缘簿?我处处小心,一辈子没曾说句狂话,如今还有这等事!小住,像你那个楞头楞脑的样子,早不定闯下什么乱子。……”

“哼,既然没有法,也还是得另想法借钱。也别尽着说二弟,他心里也一样的难过。”

媳妇的劝解话没说完,小住霍地站了起来。

“枪,非要不可?好!典地不吃饭也要枪!到现在跑着求人中鸟用。来吧,有枪谁不会放,有了枪我干。出差,打人,也好玩。这年头有也净没有也净,爹,你想什么?”

“钱呢?”他大哥说出这两个没力气的字。

小住冷笑了一声,没说出弄钱的方法来。即时一片乌黑的云头将淡淡的月亮遮住,风从他们头上吹过,似乎要落雨。

黑暗中没有一点点亮光,老蒲呆呆地在碎石子上扣着铜烟斗。他们暂时都不说什么话。

隔着老蒲家借了款子领到本地造的步枪以后的一个月。

刚刚过了中秋节两天的夜间。

近来因为镇上忙着办起大规模的联庄会，骤然添了不少的枪支，又轮流着值班看门。办会的头目时时得到县长的奖许；而地方上这个把月内没出什么乱子，所以都很高兴。中秋节的月下他们开了一个盛大的欢宴，喝了不少的白干酒，接着在镇上一个有女人的俱乐部里打整宿牌，所有的团丁们也得过酒肉的节赏，大家十分欢畅。这一夜是一位小头目在家里请会长和本段段长吃酒，接续中秋夜的余兴。恰好这夜宴的所在距离老蒲当差的房子只有百十步远，不过当中隔着土打的圩门。自从天还没黑，这条巷口来了十几个背盒子枪、提步枪的团丁，与那些头领们的护兵，他们的主人早在那家人家里猜拳行令了。像这等事是巷子中不常有的热闹，女人站在门前交谈着头领们的服装，小孩子满街追着跑，连各家的几条大狗也在人群里蹿出蹿进。老蒲这天正没回到镇外的自己家里，一晚上的事他都看的清楚。

从巷子转过两个弯，不远，就是圩墙的一个炮台所在。向来晚上就有几个守夜的人住在上边。因为头领们的护兵们没处去，便都聚在这距墙外地面有将近三丈高的石炮台里，赌纸牌，喝大叶茶，消遣他们的无聊时间。

像是夜宴早已预备着通宵，那家的门户大开着，从里面传出来的胡琴四弦子的乐器与许多欢呼狂叫的声音，炮台上的人都可以听得到。

约摸是晚上十点钟以后了。老蒲在他当差住的那间小屋子里吹灭了油灯打算睡觉。自从七月中旬以来他渐渐得了失眠症，这是以前没有的事。他感到老境的逼迫与情况的悲哀，虽没用使利钱，幸亏自己的老面子借来的五十元大洋，到月底须要还清。而秋天的收成不很好，除掉人工吃食之外，还不知够不够上租粮的粮份。大儿子媳妇虽然是拼命干活，忙得没有白天黑夜，中什么用！债钱与租粮从那里可以找的出？小住空空的学会放步枪的本事却格外给老蒲添上一层心事。种种原因使得他每个夜间总不能安睡，几十天里原是苍色的头发已变白了不少。

月光从破纸的窗帘子中映进来，照在草席上，更使他觉得烦扰。而隔着几道墙的老爷们的快乐声音却偏向自己的耳朵里进攻。这老人敞开胸间的布衣钮扣，一只手抚摸着根根突起的肋骨，俯看着屋子中的土地。一阵头晕几乎从炕上滚下来，方要定定神再躺下，忽地在南方，拍，拍……拍，什么枪声连续响起。接着巷子里外狗声乱咬,也有人在跑动,他本能地从炕上跳下来便往门外跑。

"上炮台！上炮台！是从南面来的。"几个团丁直向巷子外蹿跳。

没睡的男女都出来看是什么事。

炮台上的砖垛子下面有几十个人头拥挤着向外看,有些胆小的人便在圩墙底探听信息。这时正南面的枪声听得很清,不是密集的子弹声,每隔几分钟响一回,从高处隐约还听得见叫骂的口音。

住在巷子的人家晓得即有乱子也是圩墙外面,好在大家都没睡觉,有的是团丁、枪弹,土匪没有大本领,不敢攻进镇来,所以都不是十分害怕。独有老蒲自从他当差的屋子跑出之后,他觉得在心口上,存放的两颗火弹现在已经爆发了！来不及作什么思索,一股邪劲把他一直提到圩墙上的炮台垛子下面,那些把着枪杆的年轻团丁都蹲在墙里,他却直立在垛子后面向前看。

月亮刚出,照着田野,与镇外稀疏的树木。天上有一层白云,淡淡地把银光笼住,看不很清。但一片野狗的吠声,在南方偏西,一道火光,嗤嗤子弹的红影从那面射出,不错,在南方偏西,就是他家,看守的老茔地旁边！子弹的来回线像在对打,并不是由一方射出的,一片喊声,听得见,像有不少的围攻者。

老蒲看呆了。一个不在意几乎把半截上身向砖垛子外掉下去,幸亏一个团丁从身后拉了他一把。

"咦！老大叔,你呀！好大胆,快蹲下来……蹲下！枪子可没有眼。不用看了,那不是你家里遭了事？一准,响第一枪我就看清楚了。……"

老蒲像没听明白这个团丁的劝告,他直着嗓子叫:

"救人呀！……救！……兄弟爷们,毁了！……家里还有两个小孩子……救呀！……"

"少叫,你小心呀！枪子高兴从那面打过来。"

那个热心的团丁硬把老蒲拉下了一层土阶。

"枪……枪,你看看,你们就是看热闹。放呀,放,打几十枪把土匪……轰下去就好了。"他的口音简直不是平常的声音了。

"蒲大叔,这不行！你得赶快去找会长,咱们在这里听吩咐。究竟是什么事？不敢说来了多少人，又不知道，快去……快请头目来看看，准有主意。……不是还没散席？”

有力的提示把这位被火弹炸伤的老人提醒了，一句话不说，转身从土甬道上向下跑，两条腿格外加劲，平日一上一下他还得休息着走，这时就算跌下去他也觉不出来。

没用老蒲到那家夜宴的去处相请，几个头目，还有本段的段长都跑过来，手里都提着扳开机钮的盒子枪。

他们的酒力早已被这阵连续的枪声吓了下去。随着几个护兵一起爬上炮台，老蒲喘嘘嘘地跟在他们的身后。

他们都齐声说这一定是对蒲家的包围，闪闪的火光与一耀耀的手电灯在那片老柏树与白杨树的周围映现。

有人提议快冲出十几个团丁去与他们对打，可以救护老蒲一家人的性命，可是接着另一个头目道：

“快到半夜了，你知道人家来了多少人？是不是对咱们使的‘调虎离山计’？”

又一个迟疑的口气：“他们敢这么硬来，在那几条路口准有卡子。”

几个瞪着大眼的团丁听这些头目们两面的议论，都不知道要怎么办。

老蒲已经在圩墙上跪下了。

“老爷们……兄弟们……救人啊！……看我那两个小孩子的身上！只有我这把不中用的老骨头活着干什么用！”他要哭也哭不出声来。

“不行！这不是讲情面的时候，你敢保的住一开圩门土匪冲不进来？镇里头多少性命，多少枪支，好闹着玩？救人，不错，你先吓糊涂了，谁敢担这个干系？好……你再去找会长，还在那客屋里，看他有什么主意。”

一个三十多岁的头目人给老蒲出了这个主意。

原来是管领老蒲的本段段长，“来，咱一同去，快，这真不是玩！……”

“老爷……楞大爷办联庄会，不是说过：外面一有事……打接应？我家里就是那杆本地造的枪！……”老蒲急得直跳，说出这样大胆的话。

“快下去，拉他去见会长。谁同你在这个时候讲章程去！……”有人把老蒲从后面推着，重复蹿下了圩墙。

就在这时外面树林子旁边闪出了几个火把，枪声也格外密了，子弹如天空中的飞哨,东西地混吹着。

不久火光由小而大,烧得那些干透的秫秸、木材响成一片。“了不得,这完了！放起火来,老蒲这一家人毁了！……”

有的团丁也十分着急,可是没得命令,既不敢出圩门,又不能胡乱放枪。

枪声继续不断地响,火头在那片茅草屋顶上尽烧,映得炮台上的各个面孔都发红。

及至老蒲与段长领下会长的命令爬上炮台,斜对面的火已经烧成一座小小的火山了,屋梁的崩塌与稀疏的枪声应和着。

段长大张了口传达命令:“只准在圩墙上放几十枪,不能开门出去打。……”久已等燥了的团丁与他们的护兵们这时都得上劲,拍拍砰砰的步枪与盒子枪弹很密集地向火山的周围射击。

时候已经快到早晨的一点了。

炮台上的射手正在很兴奋地作无目的的攻击时,老蒲却倒在他们的脚下,因为他第三次上来看见自己家屋上的火光便晕过去了。

两排密集枪弹攻击之后,接着另一个团丁吹起集合号。凄厉的号声惊起了全镇的人,即时树林子旁边的枪声停了,似乎土匪怕镇上的民团、联庄会,真要出去,他们便善退了。

幸而火山没再向四外爆发,不久火头也渐渐下落。

没天明,老蒲醒来,再三哀求才得开放圩门,到灰烬的屋子中去看看。第一个同他去的却是那著名的街滑子伍德。

接着自然是镇上有枪的头目们,领了队伍去勘察一切。

勘察的结果:老蒲家的东西除掉被烧毁外的,什么也没丢失,棘子垣墙与木板门变成了一片灰土,屋子的房顶全露着天,牛棚烧光了,土墙坍塌了两大段。屋子中,老蒲的大儿子躺在土地上,左额角上一个黑血窟窿,大张着口早断了气,小住斜倚在土炕前面,不能动,左腿上被流弹穿透,幸而没伤着筋骨。那杆本地造的步枪横靠在他的大腿上,子弹袋却是空空的了。

女人们都在另一间的地上吓昏了,没有伤损,惟有炕上学着爬的老蒲的小孙子屁股上穿进一颗子弹,这孩子脸色如土似的,连哭也不会了。除了有死有伤的人口，在院子中的一个存粮小囤、干草堆，全被这场火灾化净。

事情过后镇上出了不少的议论：有的说老蒲确是“谩藏诲盗”，不要看他自己装穷；有的断定是寻仇，不是为了财物；然而多数人的推测是土匪要去筹枪！这一家人，死的死了，伤的还不能动，究竟是为了什么，自然也说不出来。

会长与那些终天拿着枪杆的年轻人，却都同声称许小住的本领。他只有一杆本地造的步枪，不到一百粒的子弹，他哥一定是用的扣铇的土炮，这样土匪便攻不进去，还得发火，谁说办联庄会不行？当初买枪不愿意，现在可救了急！没有这杆枪怕不都得死？……也许绑一个去，老蒲那个破费可更大了。……尤其是镇上的头领们经过这次的试验之后，知道本地造的木枪真能用，放几排子弹，炸不了，工人的手段真高妙，不亚于兵工厂里的机器货。他们在当天开过一次谈话会，报县，搜匪，合剿，加紧防守，末后一条决议是老蒲的这次意外事，日后由会上送他几十元的安家费。

一切进行很顺利，过了两天大家便似乎忘了这场惨劫，渐渐地少人谈论了。

老蒲家三辈子安住的茔地旁边的房子不能再住了，更盖不起，也没有再与土匪开仗的胆力。抱着火弹烧裂的胸膛，老人到处求面子说情，求着搬到镇里一间农场上的小团屋子暂住。

一个月后，小住的腿伤痊愈，只是他那小侄子的屁股红肿烂发，经过镇上洋药房的三次手术取出子弹来，终于因为孩子太小，流血过多，整整三十五天，这无罪无辜的小生命随着他的老诚的爹到土底下去了。

又是一次的医药费几十元。

旧债还不了，添上新的，转典了二亩的地价，老蒲总算把这场横祸搪过去。虽然他的伶俐的媳妇还病着不能起身，据医生说，他可放心，不至于有第三条人命在这一家中出现了。

会上的捐赠是一句话，过了这许久并没有下文。别人都说还得老蒲自己去认真叩求那些头领们才是合乎次序的办法，但向来是服从规矩的老蒲却有下面的答复：

“罢……我……人死得起！两个呀，两条性命送了人，这几十块钱我还能昧心去使……昧心去使！……”这老实人现在能说这两句话了。

独有那杆本地造的步枪，老蒲每见它倚在门后，眼都气得发红。有一天他叫小住肩着这不祥的祸根，自己领着去缴还段长，说是枪钱不提了，这个东西会上可以收留，好在他家现在不住在野外，更用不到。

“哪能行！这个例子开不得，东缴，西缴，有事谁还出差，咱大家的会不完了？在这里住，你们到时候也得扛枪呀，你这老糊涂，没有它，小住的性命还到今天？……哈哈！……”

于是小住便只好又肩着这不祥的祸根到那间团屋子中去。

深秋到了。

老蒲再不能给人当差，他不能吃多饭，一个人愣着花眼看天，咕咕哝哝地不知自己对自己说些什么话，耳朵也聋了许多。小住自从腿伤好后，因为自家的典地转典出去还了债，虽然还种着人家的，可是到这个时候田地里也没有甚活计。他不常在家。他只得了镇上人们的赞许，枪法、胆气，这样那样的好评语，能够使他怎样呢？现在家里十分困难，有时每天只能吃一顿早饭，他这年轻有力的小伙子是受不了半饱的虐待的。

他常常与伍德在各处混，好在老蒲如今再没有心思去管他的闲事了。

自从伍德把小住从灰堆里背出来，那时起，小住知道这个年轻人不止是一个无产无业的街滑子了。虽然人人烦恶他多嘴多舌，小住却与他十分投合。自从家里没了活计，又是在悲惨困苦中数着日子过，小住觉得再也忍不下去。

某夜，没天明的时候，正落着凄冷白露，镇上人家都没开门。小住家的团屋外面有人吹着口哨，即时小住从屋里跳出来。

“伍德，你都办好了？……”他惶张地问。

“你真是雏子，这不好办，我与他们哪个不是拉膀子、打屁股，还有不成？这不是!”他从小破夹袄里摸索出尺多长的一件铁东西。

“还有子弹……快取出来，咱有投奔，我不是都交代好了？……”

小住返身进去，从单扇门后头提过了那杆拼命的步枪。

“就是……他老人家……”小住对着小窗眼抹着眼泪。

“你能养活他？……不能，就远处去。……回来也许有人请你当队长。……”伍德水远是好说趣话。

“快……绳子都拴好了,再晚怕碰见人便縋不出去。……”小住什么话也不说,随着他的新生活的指引者向密层的露点中走去。

第二天,镇上东炮台的看守丢了一杆盒子枪、一袋子弹,而老蒲家的五十块大洋买来的祸根子与小住也同时不见了。

一九三三年七月十五日

王统照(1897～1957),字剑三,笔名息庐、容庐。现代作家。山东诸城人。1924年毕业于中国大学英文系。1918年办《曙光》。1921年与郑振铎、沈雁冰等发起成立文学研究会。曾任中国大学教授兼出版部主任,《文学》月刊主编,开明书店编辑,暨南大学、山东大学教授。中华人民共和国成立后,历任山东省文联主席、山东大学中文系主任、山东省文化局局长。